夏の子供

魚住くんシリーズ V

榎田ユウリ

目次

イラスト／岩本ナオ
魚《うお》住《ずみ》真《ま》澄《すみ》
理系の大学院生。天使のような容貌だが、生活能力は皆無。久留米に片想い中。
さちの
魚住が心を通わせていた少女。お菓子を作るのが上手で、感情表現が苦手。
久《く》留《る》米《め》充《みつる》
営業系サラリーマン。魚住とは腐れ縁で、振り回されがち。タフな精神構造を持つ。

魚住くんシリーズ登場人物

マリ

久留米の元彼女。大胆にして繊細、自由な魂の持ち主。時々行方不明になる。

サリーム

インド系イギリス人で、魚住の心優しい隣人。美味しい手料理を振る舞ってくれる。

濱田《はまだ》

魚住の先輩で、優秀なサイエンティスト。紳士だが、皮肉屋なところも。

荏《え》原《ばら》響《きよう》子《こ》

魚住の元彼女。別れるきっかけとなった出来事により、しばらく魚住を許せずにいたが和解。

伊《い》東《とう》慶《けい》吾《ご》

魚住の後輩。普段は軽口が多くノリのいい今どきの男子だが、実験には真面目。

安《あん》藤《どう》るみ子

久留米の会社の後輩。知識も能力もあるが、「可愛い女子社員」を演じていた。

リムレスの空

1

「ラベンダーの香りを嗅《か》ぐと、タイムスリップしちゃう人って誰でしたっけ」

「は？」

突然の質問に、魚住真澄《うおずみますみ》はオニギリの包装を剝《む》く手を止めた。手を入れずとも理想的な形に整った眉《まゆ》が少し寄せられる。

「ほら。なんか映画であったじゃないですか。原作は小説だったかな。ある女の子がラベンダーの香りに反応して、タイムスリップしちゃうんですよ」

「ああ、映画ね……おれ、あんまり観ないからわかんないよ」

質問者の伊東《いとう》はアッシュカラーに染めた頭をぐるんと回し、苦悩の表情で唸《うな》った。

「ううーん。昨日からずっと考えてるんですけどねー。誰だっけかなー。うーん……あれ、魚住さん。なにしてるんですか」

「え。オニギリ脱がしてる」

後期授業が始まって数日が経ち、学食はとても混んでいた。

九月も残り少ないが、学内はいまだ半袖《はんそで》の学生も多い。念入りに肌を焼いた女の子が、踵《かかと》の高いサンダルをカポンカポン鳴らしている。すでに院生である魚住と伊東は、学食の隅にかろうじて空席を見つけたものの、定食を求める長蛇の列に参加するのは諦《あきら》め、混雑のましだった売店で昼食を購入した。

「そんなとこのテープ剝《は》がしてどうするんですか。やり方、書いてあるでしょ。そのベロのとこ引っ張ると、海苔《のり》と米が一体化するようになってるんですよ。……あぁ違います〜。ちょっと貸してください」

魚住は「ハイ」と素直に鮭オニギリを伊東に渡す。

自分のサンドイッチを置いて受け取った伊東は、一瞬のうちに海苔つきオニギリを完成させた。その手元を見つめていた魚住が「わ」と小さく呟《つぶや》く。あまりの早業に、驚いたのだ。

「手品でも見たような顔しないでくださいよ。なんつーか、魚住さん、これって常識ですよ？　いままでずっと、ちまちま解体して、自分で海苔巻いてたんですか？」

「うん」

「誰か教えてくれなかったんですか。久留米《くるめ》さんとか」

「う ー ん？」

一番近しい友人であり、なにがどうしてそうなってしまったのか、現在は肉体関係すらある男の顔を魚住は思い出した。途端に動悸《どうき》が速くなり、腹式呼吸で微調整する。伊東は魚住と久留米をただの友人同士だと思っているはずなので、ここで赤くなるわけにはいかない。

「教えてくんなかったと思う。オニギリ剝いてるの、ジッと見られたことはあるなぁ」

「なにか言われませんでしたか？」

魚住は回想する。珍しいものでも見るような視線で観察されたので、どこかヘンかと聞いたところ、

――いや。べつにいい。おまえはおまえの道を行け。

と久留米は答えたのだ。そういえば、ちょっとにやにやしていたような気もする。伊東にそう話したら、笑われた。

「あははは。久留米さんて、意地悪っスね」

「だよな」

「きっと、あれですよね。魚住さんで遊ぶのが好きなんだなぁ、あの人」

その件に関しては、どうコメントしたらいいのかわからなくて、魚住は黙ったままオニギリに齧《かじ》りつく。確かに最近、いろんな意味で久留米にいいように遊ばれているという自覚はあるのだ。主に、ベッドの上で。

危うく耳が赤くなりそうになった時、伊東がアレ、と学食のエントランスを指さした。

「響子《きょうこ》さんじゃないですか？」

「え、だって今日、平日だよ？」

もとは魚住たちと同じ研究室に所属していた荏原《えばら》響子は、この春から製薬会社の研究所に就職した。いままでも、土日には何度か顔を見せたことはある。

「でも、響子さんですよ。なんかすごい荷物……海外旅行にでも行ってたのかなァ？」

最近視力の落ちた魚住は目を凝らす。そろそろ眼鏡が必要なのかもしれない。

混雑している食券販売機付近にいるのは、なるほど響子だった。

大きな赤いスーツケースを引きずってこちらに向かってくる。学生たちが邪魔そうな視線を寄越《よこ》しているが、気がつかない——というより、気にする余裕がないようだ。ガラガラと派手な音を立てながら、一心不乱に突き進み、ほどなく魚住と伊東の場所まで辿《たど》り着いた。

ハーハーと肩で息をしている。

「響子ちゃん。どしたの」

オニギリを持ったままの魚住が尋ねた。雰囲気がおかしい。いつも手入れの行き届いた、絹糸のような髪が乱れている。眉を寄せて歯を食いしばっているその表情は、怒っているようにも見えた。

「あたし」

声が掠《かす》れているのに気がついて、伊東が自分のコーラを差し出す。それを半分まで一気に飲んで、響子は大きな溜息《ためいき》をついた。スーツケースに寄りかかるようにしながら、

「あたし、会社辞める」

と言い放つ。

「辞めるって……まだ就職して半年ですよ。なんかあったんスか？」

「部屋も引き払う。悪いけど、魚住くんしばらく泊めてくれないかしら」

伊東の質問には答えず、響子はそう続けた。

「もうダメ。耐えられないの。あの職場も、あの部屋も、もうあたしには耐えられない」

「響子ちゃん……えっと……」

「新しい部屋が見つかったら、すぐに出ていくから！　久留米さん来た時には耳栓してソファで寝るから！　お願い！」

「いや、あの、うちに来るのは全然いいんだけど、ちょっと落ち着こうよ……研究室に行こ？　ね？」

魚住は立ち上がり、緊張で硬く張っている響子の背中に手を添え、優しく誘導する。伊東も慌てて食べかけの昼食をふたりぶん抱え、スーツケースを引きずりながら後を追ってきた。大きな荷物をガラガラ引きずりつつ、

「耳栓？　なんで耳栓？」

と呟いている。魚住はひたすら聞こえないふりをし続けたが、しばらくのちに伊東が
「あっ」と叫んだ時、耐えきれずほとんど走り出した。

新聞コピーのお作法。

響子より一年前に入った女性社員はそういう言い方をした。お作法、である。

クラクラした。

会社に入ったつもりだったが、行儀見習い教室に入ってしまったのだろうか。

「室長はA型だから、きっちりしていないとだめなのよ。まず、指定された新聞記事を等倍でコピーするでしょう。次にはコピーから必要部分だけ切り取るの」

そしてそれをA4用紙の中央部分に、曲がらないように貼りつける。貼るのにはテープを使うが、普通のセロハンテープだとこのあとコピーした時に、テープ跡まで出てしまう。従って、コピーに写らない専用のテープを使用する。記事コピーを貼った用紙の隅には、新聞紙名と日付を、これまた指定のサインペンで書き入れ、さらにこれをコピーして、やっと完成。それを恭しく、A型の管理室長にお届けする。

——そもそも、A型ってなによ。

ここは製薬会社の研究所のはずである。化学《ケミストリー》と科学《サイエンス》の場ではないのか。血液型で人間の性格を分類するのはどうかと思う。

わかっている。

先輩社員にしても、本気で言っているわけではないのだ。適当かつ子供っぽく言い古された表現を強引に用いてまで、この仕事の虚《むな》しさに理由をつけたいだけなのだろう。

能率という言葉はどこにいったのか。

朝刊四紙、業界新聞二紙から選ばれる記事は日に十から多いと二十ほど。その数を片づけるためには、三十分は必要だ。おまけにコピーしている間、当然のような顔をして男性社員が、

「ごめん、急ぎだから」

と割り込んでくる。

あたしだって急いで片づけて、さっさと自分の仕事に入りたいのよ！

何度心でそう叫んだだろう。割り込みならばまだいいほうかもしれない。主任だの部長だのになると、これまた当然という顔で、

「あ、こっち先に十部ね。B５で」

などと原稿を渡していくのだ。

これでいいのだろうか。これが世の中の常識なのだろうか。

響子には正直わからない。嫌気が差して商社に勤めている学部生時代の友人に電話で愚痴ったら「なによ、その程度で」と叱られてしまった。彼女は外回りの営業で男性以上の数字を獲得するために奔走し、無理が祟《たた》って急性膵炎《すいえん》で倒れ、復帰後は事務職に回されたそうだ。いまはその職場で一日一回、課長の肩を揉《も》むのだという。

『揉まれたらセクハラになるかもしんないけどさ。こっちが揉んでるぶんにはね。え？バカね、好きで揉むわけないじゃない。カタコッターカタコッターって、一日百回も言われてさ。つい、口が滑ったのよ。ほぐしましょうか、ってさ。営業やってた後遺症で、

心にもないセリフを言う身体になっちゃってるのよ』

　実に気の毒である。響子は友人に、なんと言ったらいいのかわからなくなってしまった。自分がどうしたらいいのかもわからない。仕事の現実とはこういうものであり、それによって対価を得ている以上、文句を言うべきではないのかもしれない。

「あ、」

　つらつらと考えながら本日の記事コピーをしていたせいで、後ろに石蕗《つわぶき》が立っていることに気がつかなかった。石蕗はこの管理室の女子社員では最年長で、主任代理という立場にある。慌てて、コピー機を空けようとする。

「いいのよ。もう終わるんでしょう」

「あ、はい。すみません」

　この間が、ちょっと苦手だった。石蕗は四十代半ばくらいだろうか。データ管理が主な仕事で、女性陣が分担している庶務関係の業務を、彼女だけは一切していない。

　別格、なのである。

　無口で愛想はよくないが信頼できる印象があり、いつも地味な色のスーツを四角四面に着込んでいる。この女性を、響子は決して嫌いではない。ただ、なんとなく気後れしてしまうのだ。一番最初に挨拶《あいさつ》回りをした時に、声が小さいわよと指摘されたせいだろう。実際、緊張してぼそぼそとした声だったのだ。注意されても仕方がない。

「……荏原さんの論文、読ませてもらったわ」

「入社の時、研究実績のひとつとして提出したでしょう？　インターロイキン1のシグナル伝達経路因子について」

「え」

「あ。あれですか」

なんだか遠い昔の話のようだ。大学院で魚住や濱田《はまだ》と、遅くまで議論していた頃が懐かしい。彼らはいまでも忙しく実験の日々を送っているのだろう。ことに魚住は、ここ一年で研究に関して驚くほど積極的になっている。寝る間も惜しんで勤《いそ》しんでいるかもしれない。なのに自分は、上司のために新聞記事のコピーをしている。この落差。

「興味深く拝見したわ。あんなに最先端のラボにいたのに、この部署は庶務的な仕事が多いから張り合いがないでしょう？」

「いいえ、そんなことは……いまは仕事を覚えるだけで精一杯で」

そうは答えたが、内心では配属に不満があった。いわゆる管理部門であるこの部署は、第一線の研究からは遠ざかっている。

「それにしても免疫の分野は進歩がめざましいわね。どんどん新しい扉が開いていって、ついていくのは大変なんでしょうね」

「そうですね……お待たせしました。終わりました」

そう、速いのだ。一度離れてしまえば、見る間に遠ざかっていってしまう。うっかり緩めた指の間から、飛び立ってしまった鳥のようなものだ。

「お作法どおりね」

響子のコピーをちらりと見て、石蕗が呟《つぶや》いた。なんと返事したらいいのか迷う。褒められたという雰囲気ではなかった。言葉が見つからないまま、会釈だけしてその場を離れる。紙を揃え、これまた指定のクリップで留めてから室長にコピーを渡しに行くと、

「最近、朝のお茶の葉っぱ変えたかな？」

そう聞かれる。

「いいえ。いままでと同じですが」

「フゥム。なんか味が薄くてねェ。抽出時間をもう少し長くしてくれるかなぁ？」

白髪頭の管理室長は無邪気に微笑みながらそう言って、響子の返事も待たずに会議へ出るべく席を立ってしまった。

響子はデスクの端に置いた空の湯飲みを下げる。寿司屋でもらったのだろう。魚の漢字がたくさん書いてある分厚い湯飲み。洗っておかなければならない。

鯖鰤鰯鮪鰻鱈鯵鮎鯛鮒鯨。

サバブリイワシマグロウナギタラアジアユタイフナ、クジラ。

――鯨の寿司なんてあるのかしら。

ふ、と笑おうとしたのに、涙が零《こぼ》れそうになった。

無理に何度も瞬《まばた》きをする。動揺した。会社でベソをかくなんて、みっともない。いい大人のくせになにをしているんだろう。

やや小走りに給湯室に駆け込む。茶簞笥《ちゃだんす》の抽斗《ひきだし》に、誰かが置きっぱなしにしている手鏡が入っているのを知っていた。それを覗《のぞ》き込む。

　大丈夫、目は赤くなっていない。

「荏原さん？　どうしたの」

　声をかけてきたのは、一番声をかけられたくない相手だった。匂いでわかる。君島《きみしま》だ。どうして会社に、強いムスク系のトワレをつけてこられるのだろうか。癖の強い香りは響子にとってストレッサーになる。この男にはＴＰＯという言葉はないのだろうか。そもそもムスク香料の似合う男なんて、日本の男性人口の〇．二％くらいなものだ。

「なんでもないです」

「目になにか入ったの？　見てあげよっか？」

「いえ。もう平気ですから」

　口角を　グィと上げれば　ホラ笑顔
　この川柳は会社に入って三日目にできた。我ながらいい出来だと思うが、自虐的でもある。無理に笑いながら、どうして無理してまで笑うのだろうと考える。この男に笑顔を向ける理由がどこにあるのだろうか。

「なら、いいんだけど。えっと。お母さん、元気かな」

　君島が、この世で一番聞きたくない単語を口にした。

「さあ。連絡取っていませんから」

「でも、日に一度は電話が入るんだろう？」

なんでそんなことまでこの男が知っているのか。答えはわかっている。母親とツーカーなわけである。

「えっ」

「いまちょっと、家に帰ってないんです」

なるほど、そこまでは知らないようだ。本当に驚いている。見るからにお手入れしていまーす、という眉《まゆ》がクッと上がった。

「あ。ああ、お友達のところとか？」

「そんなところです」

「えーと。あの。ところで響子さん」

響子さん？　さっきまで荏原さんだったのに？

「今度の週末なんだけど、ほら、そろそろ紅葉の時季だし、ドライブなんか……」

「私、乗り物弱くて」

「あっ。そうだったねっ。お母さんも言ってたよ、そういえば。えっと、じゃあ水族館なんかどうかな」

水族館。

そういえば、昔は魚住と出かけた。なぜか魚住はいつもマンボウを見たがったのだ。

「……君島さん。なにが好きですか」

「え？」

「魚。なにが好きですか？」

「あ。僕、魚食べられないんだ。ウロコが怖くってさぁ」

そんなこと聞いてないわよ、このボケナス。

マリだったらそんなふうにバッサリ斬るだろう。

「ごめんなさい。週末はちょっと」

口角に気合いを入れて微笑みながら、響子は給湯室を後にした。

2

「おれ、響子ちゃんのママ、一回だけ見たことあるよね？」

大根をせっせとおろしながら魚住が言う。

「あら。思い出した？」

「うん。思い出した」

ロースターで焼いている秋刀魚《さんま》はもう五分もすればちょうどよく火が入るはずだ。秋ならではの魚を食べたがったのは魚住である。

「響子ちゃんの部屋から出て、エレベーターのところで会ったんだ、確か。次の日に電話であれがママだって教わって。危ないところだったね、なんて話したよね？　顔までは覚えてないけど、エッ、て思うくらい若い感じの人」

「そうそう。うちのママ若作りなの。でもすごいじゃない。一時はあたしの名前も忘れてたくらいなのに、よく思い出せたわね」

「……ごめん」

「あ、違うの。責めてるんじゃないのよ」

声を落としてしまった魚住に慌ててフォローを入れる。並んでキッチンに立っていると、まるでつきあっていた当時に戻ったかのようだ。

「そういうんじゃなくてね。んーと、フィルター取れてよかったわねっていう意味」

「フィルター？」

「そう。カメラレンズにつけるフィルターで、わざとぼやけさせるのがあるじゃない？魚住くんて、過去の出来事にそのフィルターがかかってた感じだったでしょ。わざと見えにくくして遠ざけてたっていうか……あ、ホラ、手まですりおろしちゃだめよ」

落ちてきている魚住の袖《そで》を捲《まく》り上げてやると、手首の傷痕《きずあと》にどうしても目がいってしまう。フィルターを取った代償なのだろうか。

目を背けられなければ、人は傷つく。

「まだ、痛い？」

「もうほとんど平気。たまに攣《ひきつ》るくらい」

だが傷は癒《い》えようとするのだ。

裂けた皮膚は塞《ふさ》がる力を持っているし、失った血液は再び作りだされる。もちろん瘢《はん》痕《こん》は完全に消えはしない。一生残る場合もある。心に受けた傷ならば、なおさら深く残るだろう。

それでも魚住は柔らかく笑っている。

つきあっていた頃は、こんな笑顔を見せたことはなかった。あれほど無表情だった魚住は、内と外に傷を抱えたまま、こんなふうに笑えるようになったのだ。魚住を変えたのが自分ではないのは、正直少しさみしい。

「マリさんが言ってたんだけどね」

「うん」

「一度ケチがついた男女間に友情なんかありえないんだって」

「うん？」

意味がわからないのだろう。きょとんとした顔をしている。

「だからあたし聞いたの。じゃあ魚住くんとあたしって、友達じゃないの？　って」

「あ、そういうことか。マリちゃんなんて？」

「モト彼とモト彼女だって」

「そのまんまじゃない」

ふたりで笑う。響子はかぼすを四つに分けて切る。柑橘《かんきつ》系の香りは魚住に似合うなとふと思う。

「それでも縁が切れなければ、それでいいのよって言ってたわ」

「ふうん？」

魚住にはよくわからないようだ。響子もマリの言わんとしている意味が完全に理解できたわけではない。それでも、なんとなく、人間関係の名称にこだわる必要もないのかなとは思った。

ふたりで秋刀魚を食べる。

魚住がいま取り組んでいる研究の話をしてくれる。

気を遣ってではなく、本気で実験のアドバイスを求めてくれるのがとても嬉《うれ》しい。つい、就職なんかするんじゃなかったわと弱音を吐露してしまう。研究も大学院も、辞めたくはなかった。

「ママはどうして響子ちゃんの好きにさせてくれないのかなあ？」

「心配なのよ。あたしのことが」

「どうして？」

「母親だから。母親って、たいていそういうもんでしょ」

言ってしまってから、ハッと気がつく。

「そういうもん……なのかなァ」

魚住には生みの親がいない。孤児だったのだ。養母もすでに他界している。

「ごめんなさい。魚住くん、あたし」

「ん？」

なにを謝られたのかさえわかっていない顔をして、魚住は秋刀魚をぐしゃぐしゃにしている。魚を食べるのが下手なのだ。

「あ。食べやすいようにしてあげればよかったわね」

「へいき。味は一緒だもん」

かぼすをぎゅっと絞った途端、顔をしかめた。果汁が飛んだらしい。

「でもさ、響子ちゃん、しっかりしてるし、頭もいいのに、なにが心配なんだろうねぇ」

「女の子の場合、ちゃんと結婚して子供でもできるまでは、なんだかんだ干渉されるんじゃないかしら」

「ケッコンかー。響子ちゃんはその、なんだっけ、ナントカっていう同僚の人と、ケッコンする気はないんでしょ？」

「ないわよー。ないない」

君島を特に悪い人間だとは思わないが、響子の好みからは外れている。

おそらく母親が気に入った理由は、君島が次男であり、優しげな風貌《ふうぼう》をしていて、かつ、同居してくれそうだからであろう。下手をすると両者の間ですでに話がついているのかもしれない。

「でも策士だよね、響子ちゃんのママ。お見合い相手がいる職場に、娘を就職させちゃうんだから」

「娘を罠《わな》に嵌《は》める母親ってどうかと思うわ」

マリにも同じセリフを言ったのだが、その時には「罠に嵌まる娘ってのもどうかしらね」と返されてしまった。もっともである。魚住は響子をしっかりしていると言うが、とんでもない。まだまだ甘いのだ。

「響子ちゃん。ワタ食べないならちょうだい？」

魚住が響子の秋刀魚をじいっと見ている。魚のハラワタは苦手なので、魚住の皿に移してやると、嬉しそうにすぐ食べてしまう。

「魚住くん、昔からワタ食べれる人だった？」

「ううん。前は食べられないところだと思ってたから。でも鮎《あゆ》とか秋刀魚の新鮮なヤツなら美味《うま》いって……えーと……」

「久留米さんが？」

言いにくそうだったので誘導してやると、ウン、と頷《うなず》いて視線を逸《そ》らす。こんな顔もするようになったのねぇ、と響子は思わず母親モードに入ってしまう。

魚住は変わっていく。感情を自然に表すようになった。それは一見、子供っぽくなったかのようでもあるが、それだけではない。

「あのさ。会社、そんなにしんどいんだったら、転職とか、大学に戻るとか……響子ちゃんなら留学もいいかもしれないし。日野《ひの》教授が推薦してくれると思うし」

他者を、気遣うようになったのだ。他人にも自分にも関心のなかった魚住が、こうして響子を真剣に心配してくれている。

昔から、優しい男ではあった。

交際していた頃も、響子が希望することを、魚住はたいてい受け入れてくれた。行きたい場所に連れていってくれたし、寄り添えば抱いてくれた。けれど抱き合いながら、魚住が本当は自分を見ていないような気がしてならなかった。

あれから何年経っただろうか。

もう、六年だ。

　現在魚住には別の恋人がいるが、それでも響子を心配してくれる気持ちは嘘ではない。魚住には心配しているふり、などという器用な真似はできない。この先もそうでいてほしい、と勝手なことを思ったりもする。実際は、自分のように作り笑いのひとつでもできたほうが、世の中はずっと楽なのに。

「どうしたの？　おれ、なんか、変なこと言った？」

　──楽、だろうか。

　箸《はし》を止めたまま、不安げに響子を見つめる魚住の目は綺麗《きれい》だった。この男には真澄という名前がぴったりだ。つきあうなら、こんな目をした男がいい。

　大丈夫よ、と笑おうとしたのに上手《うま》くいかない。

　楽なんかじゃない。作り笑いなんか、ちっとも楽ではないのかもしれない。なんだか、もう、よくわからない。

「響子ちゃん」

　魚住は心配してくれる。同じように、母も心配してくれているのだ。だから就職させたがり、結婚相手を見繕い、いつまでも自分の手元に響子を置きたがるのだろう。

「響子ちゃん……ご飯、しょっぱくなっちゃうよ……」

　会社で強引に止めた涙が、今頃になってポタポタと落ちていく。情緒不安定な自分が恥ずかしい。自分なりに納得して大学院を諦《あきら》めたはずなのに、これほど後悔するとは想像していなかった。

「ごめんね……ご飯中なのに、泣いたりしてごめん……」

食べかけの秋刀魚《さんま》がぼやける。手にしていた茶碗《ちゃわん》を置いて、俯《うつむ》いた。魚住が身を乗りだす気配がして、ひんやりとした指先が頬にそっと触れてきた。指はすぐに離れて、次に響子の髪を優しく撫《な》でる。

「泣くとさ。身体の中で、なにか溶けるよね。えっと……小石みたいなのが」

魚住が言う。

「溶けて、ちょっとだけ、楽になる気がする。泣いてていいよ。えーと。おれはご飯、食べてるから。響子ちゃんは好きなだけ泣いてても、いいから。秋刀魚冷めたら、チンしてあげるから」

その言い方が妙に魚住らしくて、響子は泣きながら笑ってしまう。昔の恋人の前で泣くのは、そう悪い気分ではなかった。恋人だった男はとても優しい。

くちびるの隙間から自分の涙が流れてきて、それは秋刀魚の塩加減より、ほんの少しだけ甘かった。

魚住に涙を見せたことで、響子はいくらか楽になったようだった。世間知らずのくせに意地っ張り。そんな自分の性格を知ってはいる。母親にしつこく言われたものだ。

「いくら頭がよくても、可愛くなきゃ女としては失格よ」

女に合格失格なんてあるものかと反発し、大学院まで進学したものの、確かに頑《かたく》なな性格は損をする場合がある。見た目がおとなしいだけに、周囲からすれば第一印象とのギャップが激しいらしい。

魚住が譲ってくれたベッドに沈むと、覚えのある匂いがした。

体臭の薄い男ではあるが、ほんの少し、植物のような匂いがするのだ。どの草花だと特定できるわけでもない。子供の頃、近所にあった雑草の生い茂る空き地の匂いに似ている気もする。それはもちろん響子だけの個人的な思い出なので、ほかの人にこの説明をしても魚住の匂いは上手く伝わらないだろう。

春には空き地に菜の花が咲いた。

まだ小さかった響子は菜の花の間に隠れるのが楽しかった。

どこかから、父が響子を呼んでいた。探しているのだ。顔はよく思い出せないのに、その時の声は忘れられない。黄色と緑だけになった世界で、響子はドキドキしていた。父が、いつ自分を見つけるのか、ドキドキしながら待っていたのだ。その興奮ばかり印象深くて、結局見つかったのか、自分から出ていったのかは覚えていない。

その後ほとんど間をおかず両親は離婚し、響子は以来母親とふたりきりで暮らしてきた。裕福な母の実家から援助があったので、経済的に困ったことは一度もない。

居間から漏れてくるカタカタという音は、おそらく魚住が操るノートパソコンだろう。居間に布団を敷いて寝ると言っていた。響子としては一緒の部屋でもかまわなかったのだが、魚住は静かに笑って、

「おれ、うるさいかもしんないから」

と遠慮した。うるさい、というのが鼾《いびき》や歯ぎしりではないとはわかっていた。魚住はとても静かに眠る男なのだ。ではそれがなにを意味するのか――明け方近くになって、響子は理解した。

ベルベットにも似た、うっとりとした眠りの質感に、亀裂が入る。

なにか聞こえた。

声、だった。

掠《かす》れた悲鳴のような声。そして嗚《お》咽《えつ》。

驚いた響子はベッドを降りて、寝室を出る。

「どうしたの……？」

コーヒーテーブルを避けて敷いた布団の上で、魚住が半身を起こしていた。声を殺すように、両手で自分の口を塞《ふさ》いでいる。

響子に気がつくと、首を横に振る。大丈夫だから気にするな、という意味らしい。

「魚住くん……」

大丈夫とは思えない。薄闇の中でも、魚住の流している涙は見て取れた。

「ごめ……起こしちゃったね」

パジャマの袖《そで》で雑に顔を拭《ぬぐ》って、魚住が詫《わ》びた。声が上擦っている。そっと近づいて、布団の端にぺたんと座った。夕食の時に自分がしてもらったように、泣いている男の髪に触れる。ふわ、と汗の匂いがした。

「夢を……見るんだよ。多いんだ最近」

囁《ささや》くような声だった。髪にあった響子の手を取って、キュッと握る。こんなに汗をかいているのに、魚住の手は冷たい。

どんな夢なのと問えない。泣き叫んで目が覚めるような夢なのだ、それは。

「不思議だよね、夢って。自分では忘れてる細かいことまで、再現されたりして……夢なのに、やたらリアルだったりするんだ」

魚住はまだ流れている涙を、空いている手の甲で拭う。指先が震えている。

「曲がるはずない方向に曲がっちゃってる、あの子の指の骨とか……」

悲しい繰り返しだ。

逝ってしまった少女に、夢で出会ったのだ。

そして彼女は、夢の中でもまた逝ってしまう。

「こういう夢は――まいるね」

どうして眠ってまで、魚住は悲しみを繰り返さなければならないのか。

「久留米さんが一緒にいても……だめ？」

「うん。誰かがいるいないは関係ないみたいだ……だからたまに、久留米も起こしちゃったりする。まあ、あいつはまたすぐ寝ちゃうんだけどね」

涙を頬に残したまま、魚住が笑う。

ひとりであろうと、一番近しい者が横にいようと、魚住の過去は夢に訪れ、そのたび彼はひとりで泣く。

「でもね。悪い夢ばっかりじゃないんだよ。家族で遊びに行った夢だとか。もっと昔の風景なんかも見るんだ」

「昔の風景……」

「うんと小さい頃の、ずっと忘れてた風景。なんで忘れてたんだろう……あの土管」

「土管？」

鳥の鳴き声が静かな部屋に届く。

もうすぐ明るくなってくるのだろう。

「小学校上がる前くらいかなぁ。近所の川原に土管があって。こう、横になってるのね。その土管がお気に入りだったんだ。端の一方が川に向いてて、まるく切り取ったような眺めが好きだった。天気がいい日には、川面《かわも》に光が反射してキラキラする」

「そこに、いつも……ひとりでいたの？」

そうだよ、と魚住が頷《うなず》く。

「いつもひとりだった。施設の先生とか、ボランティアの学生とか、ほかの子供とか……人はたくさん周りにいたけど、なんだか落ち着かなくて。おれ、とろい子供だったから、みんなのペースにどうしても遅れるし。ビデオの早送り見てるようでさ。でも、土管の中ではなんかホッとできた」

汗ばんだ額に張りついた髪を、魚住が邪魔そうに払う。

「可笑《おか》しいのはね。おれ、みんなもそうなんだろうって思ってたんだよ。みんなどこかの川原とか、空き地とかに、自分の土管を持ってるんだって勝手に思ってたの。マイ土管って感じ？　こないだ久留米に話したら、すごい笑われた」

魚住が語りながら笑うので、響子も一緒に笑おうとしたが、上手《うま》くいかなかった。会社ではあんなに上手くなった作り笑顔が、ちっともできない。口角を上げようとしているのに、逆にへの字になってしまう。

「響子ちゃん？」

眉間《みけん》が熱い。また泣いてしまいそうで、響子は慌てて大きく息を吸う。

母親や父親がいて、帰る家があって、そこで安らげる子供には、土管でひとりで過ごす必要はない。友達と遊ぶための、秘密基地の土管ではなく――ひとりで川面を見続けるためのスペース。

切り取られた風景を見つめ続ける小さな……小さな子供だった魚住。

たったひとりの、コンクリートの家。

「お願い」

響子は俯《うつむ》いたまま、魚住のパジャマの袖を摑《つか》んだ。

「どうしたの？」

「ちょっとだけ、こうしてていい？」

魚住の肩口に頭を乗せて、寄り添う。いいよ、と魚住が、パフンと布団を巻きつけてくれた。ふたりで温かい皮膜にくるまっているようだ。

「あたしは……」

「うん」

「あたしは今頃になって、自分の土管を探してるみたい」

「え？」

「きっと、ひとりで、ちゃんと……土管から始めなきゃなんないのよね……魚住くんがとうの昔にいた場所に、あたしもそろそろ行かなくちゃならないんだな……」

「ううん？」

響子の言いたいことは、魚住には伝わっていないようだが、かまわなかった。いまは隣にいてくれるだけでありがたい。魚住を見ていると不安になることが多かった。つきあっている頃は、本当はなにを考えているのだろうという不安。一度別れ、関係が改善されてからは、この人はちゃんとひとりで生きていけるのかしらという不安。

なんのことはない、魚住はずっとひとりで生きてきたのだ。つい最近まで。いや、いまでも、ある意味ひとりなのだ。

久留米やマリという存在は、魚住の大きな支えになってはいる。けれど彼らが魚住の抱える問題のすべてを解決してくれるはずもない。どうしたって、限界はある。それは以前からマリがはっきり言っていたではないか。

みんなひとりなのだ。

自分の土管の中で、自分はどう生きていくのか、それを考えなければならないのだ。いい大人になったくせに、それを中途半端に放棄すると、いまの自分のような有り様になるのだろう。

眠くなってきた。

鳥の鳴き声が増えている。

肩が少し重いなと思ったら、魚住が半分眠りかけている。薄い瞼《まぶた》がピク、と動く。

悲しい夢は、あとどれくらい魚住を訪れるのだろうか。

□室長は昼食の後に必ず梅干入り番茶を飲む。高血圧なので梅干は減塩タイプにする。
□室長代理は濃いめのコーヒー、ポーションミルクは二個入れる。砂糖はいらないが、お疲れの見える時には一応御伺いする。
□主任は健康のため、粉末タイプの青汁を冷水で作る。飲みやすくするためにレモンの絞り汁を少し混ぜるのを忘れずに。
□男性の研究員たちにはそれぞれのカップでコーヒーを淹《い》れる。ミルクと砂糖はひとつずつ添えて、使わない場合は回収する。カップは月初めに漂白する。
□また、季節によってこのメニューは改訂される。

3

「なんだこりゃ。番茶に梅干し？」

冒頭にお茶マニュアル、と書かれ、きちんとワープロで作成されたA4用紙を見ながら、久留米は鼻から紫煙を吐く。

「仕事なんだって。響子ちゃんの。青汁ってのもすごいよなー。おれ一度だけ飲んだけど、二度は飲みたくないと思った」

横から同じ紙を覗《のぞ》き込む魚住が、感心したような声を出す。

「これって、当番制じゃないのかよ？」

「ううん。新人が受け持つのが決まりらしいよ。次に新しい女の子が来るまでは、毎日響子ちゃんがやるの」

狭いアパートの部屋を煙はぐるりと一巡して、窓の隙間から夜の闇に流れていく。

「おれ、よくわかんないんだけどさ。会社ってのは、どこもそんなもんなの？」

雑巾《ぞうきん》のような布巾でちゃぶ台を拭《ふ》きながら、魚住が聞いた。夕食の献立は、さのこ炊き込みご飯と鰯《いわし》の丸干しに味噌汁《みそしる》だった。炊き込みご飯は、久留米の隣に住んでいる留学生、サリームからのお裾《すそ》分けである。そして魚住はやはり今日もじゃんけんで負けて洗い物をした。

「最近はここまで封建的なのは少ないだろ。こりゃ腹も立つわなァ。でもまあ、仕事のうちと思って腹括《くく》るしかないんだけどな」

「このままだといつかお茶に砒素《ひそ》を入れかねないって、響子ちゃんが言ってた」

「あー。製薬会社じゃ、その気になれば手に入りそうなだけに、危険な誘惑だな……けど、なんでそれで、おまえンとこに転がり込んでくるんだ？」

今夜も響子は、魚住のマンションにいるはずである。

「いや。問題はほかにもあってさ」

ちゃぶ台に置かれたコーヒーのマグカップを取り、魚住がすぐ横に来た。続くはずの言葉を待っていたが、黙って久留米の横顔を見つめている。

口をつけないまま、カタンとマグをちゃぶ台に戻した。

やおら、首筋のあたりに顔を近づけてきたかと思うと、クンクンと鼻を鳴らす。

「おい。なにしてんだよ」

「匂い嗅《か》いでる」

「はあ？　おれ臭いか？」

「いや。そんなことない。単におれの趣味だから、気にしないでいい」

そう答えてまた鼻を擦《こす》りつけてくる。柔らかな髪が擽《くすぐ》ったくて久留米は肩を竦《すく》めた。

魚住のこういうところは、相変わらず風変わりである。甘えている、というのとは違うのだ。本当に匂いを嗅ぎたいだけらしい。そういえば好物の食べ物を前にすると、魚住は必ず鼻を近づけている。

変な奴だ。

変ではあるが、好ましいと思っている。

ぶっちゃけてしまえば可愛い。この単語を魚住に向かって言うことは決してないのだが、実はいまも頭を抱え込んでぐりぐりしたくなるほどである。

「はふぅ。うん、で、響子ちゃんなんだけど」

存分に久留米の体臭を堪能《たんのう》したらしい魚住が、姿勢を元に戻した。十秒遅かったら押し倒していたかもしれない久留米は、一瞬なんの話だっけ、と考えた。

「ああ。ほかの問題ってのはなんだ？」

「ママがね。毎日のように部屋に押しかけてくるんだって」

「ママ？」

魚住の話によると、荏原響子の母親はかなりの干渉屋らしい。

響子はひとり暮らしをしているのだが、そのマンションのオーナーも母親で、ほかの部屋に住むのは反対され、仕方なく入居したようだ。

「響子ちゃんひとりっ子だし、マンションは実家にも近いしね。まめにチェックが入るみたいだよ」

「おまえ、彼女とつきあってた頃、そのママと出くわしたりしなかったのか？」

「ああ、あの頃はよかったんだ」

今度こそ、ミルクのたっぷり入ったコーヒーを啜《すす》って魚住が説明する。

「当時はママにも恋人がいたから。ママに男がいる時はそれほど干渉されないんだって」

「恋人って。オヤジさんはどうなっちゃうんだよ」

「離婚してるんだよ。響子ちゃんが五つくらいの時らしいけど」

それならば納得がいく。

母ひとり、子ひとり。以前久留米は新聞で読んだ、親離れできない子供や子離れできない親の記事を思い出した。母娘の場合、特にそういう現象は多いらしい。

「就職のことも、ママの説得に響子ちゃんが折れたらしいんだ。ママはちょうど恋人と別れた頃で、涙を浮かべながら、響子にはは幸せになってほしいの、って言うんだって」

「うわ。それはなんか重い。重過ぎる。自分を心配しての言葉だとわかっていれば、響子も無下にはできないだろう。そのぶん重圧は強いのだ。

「いつまでも大学院になんか行ってたら、一番綺麗《きれい》な時期は過ぎちゃうし、博士号のある女の子なんか男の人は臆《おく》しちゃうから、いいことなんかなにもないのよ、って」

「はあ？　江戸時代かよ。ずいぶんと時代錯誤だな、そりゃ」

「江戸時代に大学院ってあんの？」

魚住が真面目な顔で聞く。顔こそ真面目だが、これは揚げ足取りである。久留米が睨《にら》むと口元を緩ませて首を傾げた。ちくしょう、襲ってやろうかと右手が疼《うず》くが、なにしろこのアパートの壁は紙みたいに薄いのだ。

「しかも、就職とお見合いがセットで仕組まれてたみたいでさ。実家に顔を出すと、同じ部署の人がママと和やかにお茶飲んでたりするんだって。すごいよなー」

「強者《つわもの》だな、そのママは。じゃあ、しばらくおまえのとこにいるのか？」

「いや、今日が最後。今夜はマリちゃんとふたりでいるよ。部屋を一緒に探してもらうんだって……あ、そうだ。響子ちゃんがごめんなさいって言ってた。手を出したりしてませんからって」

「あのなぁ……。なんかマリの悪影響があるんじゃねえか？　だいたい、おまえが手を出すかもしれないだろ？」

煙草を消しながら久留米が渋い顔をする。

「それはないよ」

「なんで言い切れるんだよ」

「ないからないの。響子ちゃんは大好きだけど、いまはもう友達だよ。おれ友達少ないから大切にしたいんだ」

「そりゃまた殊勝な心がけだ」

自分のコーヒーを取りながら、久留米が鼻で笑った。

「それに、響子ちゃんに触られても勃《た》たないんじゃないかなぁ。やっぱりセックスって半分は気持ちの問題なんだよな、きっと。おまえが相手だと、匂いだけでも半勃ちになるのになー」

あまりに露骨な言葉に、久留米は危うくコーヒー噴水の芸を披露しそうになった。咳《せ》き込んでいると、魚住が背中をさすってくれる。

「……おまえね……」

「けど、もしかしたら、伊東くんにバレちゃったかもしんない」

声が少し小さくなる。

「おい～。マジかよ～」

「今日も、なんか聞きたいのに聞けないっていう顔してて。まあ、おれはいいんだけど……でもなんか後輩に知られるって……うぅん……」

魚住の頰がサアッと染まる。恥ずかしがっているようだ。半勃ちだのなんだのと口にするわりに、やたら照れる場合もある。そのへんの線引きが、久留米には謎だ。

「あの。口外したりはしないと思うからさ。おまえは安心してていいから」

慌てたようにつけ加える。

正直なところ、久留米としても口外されるのは困る。魚住を抱くことは久留米の中では当然のことになっているが、世間は相変わらずそうなっていない。

「ああ。わかってるって」

不安げな顔をしている魚住の前髪に触れた。そのまま指先で鼻筋にスィと悪戯《いたずら》をする。ん、と小さく魚住が声を上げ、長い睫毛《まつげ》に縁取られた目を細める。

ここでキスなんかしたら歯止めが利かなくなりそうだから、絶対にしてはならない。

……と、思っているのに久留米の腕は勝手に動いて魚住を搦《から》め捕り、その骨格を確かめるように抱きしめ、くちびるを合わせてしまう。いつから自分はこんなに辛抱の足りない男になったのかと呆《あき》れるが、コーヒーの味のするキスはあまりに魅惑的だ。とても逆らえない。

隣の部屋にいるはずのサリームを気にかけているのか、魚住は時折離れるくちびるからだめだよ、と掠《かす》れた声を出す。そんな声を聞かされたら逆効果なのだが、この男はそのへんをちっともわかってはいない。

「だめだってば……あんまり触られたら、おれ……ア」

キスを続けながら、背筋に添って指先でスゥッと線を描く。

ヒクンと魚住が震え、呼吸を乱す。最近すっかり感じやすくなったように思えるのは、希望的観測というやつだろうか。

「ちょ、だめ。マジだめだよ久留米〜」

腕の中で痩身《そうしん》が弱々しく抗《あらが》う。

「……ダメだよな、やっぱし」

「だめだよ。だって…だって……いくらなんでも壁薄いだろ……」

「だよな。くそ。ダメだよなー」

ダメダメなふたりは、お互いにやや息を上げながら、なんとか身体を引き剝《は》がした。なにもかも承知済みの友人であるサリームだが、承知済みだからこそ隣の部屋で行為に及ぶわけにはいかない。それはなんというか、悪趣味ではないかと久留米は思う。などと思った途端、信じられないタイミングでサリームのくしゃみが聞こえてきて、やっぱりここではいかん、と頭をばりばりと掻《か》く。

「今日はちょっと離して布団敷けよ。おまえの匂いが漂ってきたら自信ねぇぞ、おれ」

してはならないと思うと、ますますしたくなるのが人情なのだ。

「おれだって自信ない。だいたい、この部屋なんかおまえの匂いだらけなんだぞ。大変なんだから、おれだって……」

魚住もぶつぶつと文句を言いながら敷布をかけている。

あの敷布、いつ洗ったかなァなどと思った久留米だが、黙っておくことにした。もしかしたら今年に入って洗っていないかもしれないが、死にはしないだろう。

あとは寝るだけ、という段になった時、魚住が離れたまま聞いてきた。

「あのさ。久留米のお母さんって、どんな人？」

「普通のおばちゃん」

「久留米に似てる？」

「兄貴のほうが似てるかな……」

「ああ、お兄ちゃんいたんだっけ」

まだ明かりのついている部屋で、せんべい布団に入り込み、魚住は天井を見ている。ベッドに座っていた久留米は煙草を吸おうかなと思ったが、切らしていた。最近カートンで買わなくなったので、こういうことがたまにある。鞄《かばん》をひっくり返せばひと箱くらい出てきそうだが、なんとなく面倒くさくてやめた。

「優しい？　お母さん」

「普通だろ」

言ってしまってから、普通ってなんなんだと自分で思う。母親としての優しさに基準値などあるのだろうか。

「ガキの頃は、悪さすりゃ、叩《たた》かれたし。たまには持ち上げられたりもしたたし」

「そうか……」

「おまえは……」

一度聞いてみようと思って、ずっと先送りにしていた質問を久留米は口にする。

「おまえを産んだ人のことは、なんにもわかんないのか？」

「うん。わかんない。まだ赤ん坊の時に施設の前に置かれてたのおれ。なんだっけな、ええと、ああそうだ、『キャンディ・キャンディ』みたいなもんだよ」

「なんだそれ」

「昔のマンガ。テレビでもやってたじゃない」

「見てねぇよ」

「そう？　全巻施設にあったんだよね。孤児ものマンガだったからかなぁ？」

呟《つぶや》きながら魚住が鼻のあたりまで布団を引っ張り上げる。潜るように眠るのが好きなのだ。時には、久留米の脇の下あたりに潜って寝ていたりもする。

「どんな感じなんだろ」

布団に隠れたくちびるがぽつ、と漏らした。

「なにが」

「自分を産んだ人が最初からそばにいて、その後もずっとそばにいるっていうの……どういう感じなんだろ」

そう言った魚住の視線は相変わらず天井だ。

どう答えたらいいだろう？

なにしろ久留米や、ほかの大多数の人間にとっては、自分を産んだ人間がそばにいる生活はあたりまえ過ぎる。特別意識したことはない。自我が芽生える以前に、親の、主に母親の腕の中に抱かれていたのだ。

「さあなあ。そういうモンなんだと思って育ってきたからな」

「うわー、この人から出てきたんだおれ、とか思うのやっぱり？」

「げっ。そんな生々しいこと考えねーよ。特に男はそういうのダメだろ」

「どして？」

「どうしてもなにも……」

そんなことを考えなければならない事態に、追い込まれたことがないからである。わざわざ意識上で再確認しなくても、母親は母親であり、父親も父親であり、久留米充《みつる》は久留米家の次男だったわけだ。

——坊主どこの子だ。ああ、久留米ンとこの二番目か。

近所の乾物屋の店主は、そんな言い方をしていた。明確な所属。子供は必ずどこかの家の子供であるという前提。もし、それがなかったら……子供の立つ地面は大きく揺らぐのかもしれない。

母親。

それは自分がかつていた場所でもある。生まれてしまえば別人格であり、二度と戻れはしないが、生物学的には自分が発生した地点なのだ。

　そんなことはいままで考えたこともなかったし、魚住がいなかったら考えないままで生きていたのだろう。

「探したこと、あんのか？」

「ないなァ。探そうとは思わないんだけど、まだ生きていて、縁があったら会えるのかなとか、最近は考えるよ」

もぞ、と動いて魚住が横向きになり、久留米に背中を向ける。くぁん、と小さい欠伸《あくび》が聞こえた。

　自分と魚住の育ち方は、あまりにも違う。

　だからやっぱり、魚住のすべてを理解するのは無理だと思う。

　他者を理解する難しさは魚住に限ったことではないが、特にこの男は難儀なのだ。育ち方以外を考えてみても共通点が少ない。たまたま大学は同じだったが、学部も違うし、趣味も違う。生活のテンポも性格も全然違う。

　なんだってこんな奴に、しかも男に惚《ほ》れたのか、久留米は自分で不思議だった。

　不思議ではあるが後悔はしていないし、考えても始まらないし、明日も会社なので寝ることにした。

「電気消すぞ」

「うん。あ、夜中また叫んじゃったら、ごめんな」

「なるべく静かに叫べ」

「それは無理だよ～」

明かりが落ちる。

窓から入る月の光で、真っ暗にはならない。遮光カーテンなどという気の利いたモノがこの部屋にあるはずもない。

「……こっち来るか？」

「行きたいけど……ダメだろ……」

「ダメ、だよなァ……」

「そんな狭いベッドで隣にいたら、おれ、ガマンできないもん。ダメだよ～」

魚住が布団に潜ってジタバタしている。

久留米もやけくそ気味に布団を被《かぶ》って呟く。

「ダメだな。あー、もう。ダメだダメっ」

ダメなので、ある。


国道を曲がったところで、金木犀《きんもくせい》の香りが舞い込んできた。

鼻腔《びこう》を擽《くすぐ》るその芳香に、秋だよ、と告げられたような気がして自動車の窓から外を見たが、花の姿は見つけられない。

少し残念で、響子は小さく息を吐いた。

「一階ってのは、よくないんじゃなァい？」

隣に座っているマリの言葉は、響子にではなく、運転席にいる不動産会社の営業マンに向けられていた。

「女の子のひとり暮らしで、一階ってのは、防犯上問題あるでしょー。下着ドロボーとか覗《のぞ》き魔とか殺人犯とかさー」

「お客さん、極端ですねぇ。まあ、気にする方はいらっしゃいますけど、そのぶん一階はお安いんですよ。ええと、あ、予算ちょっと超えますけど、同じ物件の三階の角部屋も空いてます」

苦笑する営業マンはまだ若い。もしかしたら自分たちより年下かもしれない。

「そっちはいくらなんですか？」

響子が聞いてみる。予算をどれくらい超えているのか。

「角部屋、南向きでキッチンがちょっと広くなりますんで、ええと、管理費別で九万二千円だったかな」

問題外である。たッかいわねー、とマリが威嚇するような声を出した。これでもちょっと下がったんですよ、と営業マンが車を寄せた。目的のマンションに着いたらしい。

部屋を見せてもらう。

ここなら、と思っていた家賃七万の一階は、日当たりが悪く、窓の真ん前は自転車置き場である。キッチンは申し訳程度。一応フローリングになっている六畳ほどのスペースは、チェストやベッドを置いてしまったらかなり窮屈そうだ。唯一いいかな、と思うのはトイレと風呂《ふろ》が別になっている点だろうか。

「どこに洗濯機置くわけ？　このエアコン何年前のなの？　あ、網戸破けてるじゃない、ほらここ！」

マリが厳しいチェックを入れる。営業マンのお兄ちゃんが、ええとええと、を連発している。ついてきてもらって助かった。響子ひとりだったら、こんな若造にすら言いくるめられかねない。

「ここ、パス。見てよ響子ちゃん、そこのゴミ捨て場。ゴミの日でもないのに、あんな汚いのなんか絶対NGよ。住人のマナー悪過ぎ」

指摘された収集スペースは酷《ひど》い有り様だった。つられてそっちを見た営業マンが、

「ゴミ出すのって、面倒ですもんねぇ。朝は起きられなかったり……」

と呟いてマリに睨《にら》まれた。

その後もいくつかの物件をまわったが、夜まで頑張ってもこれという部屋は見つからなかった。歩きの移動も結構あったので、足がすっかり疲れている。

「でもだいたい、世間の相場がわかったでしょ？」

八時過ぎに入った釜飯屋《かまめし》はさほど混んでいない。日曜だからだろうか。

「ええ。いろいろ勉強になりました。ありがとうマリさん。あたしだけだったら、ゴミ捨て場なんかチェックしないし」

「あたし、なーんかゴミにこだわっちゃうのよね。ペットボトルを不燃ゴミに出すのも許せないの。……中生と、五目釜飯かなやっぱり」

「あ、あたしも同じで」

白い割烹着《かっぽうぎ》の若者が、たどたどしく注文を繰り返す。最近切ったのであろう、こざっぱりした頭は、毛先だけが金髪に近い茶色だ。まだ新人のようである。ボールペンを持つ手に力が入っている。

「でも、マリさんがペットボトル濯《ゆす》いで、ラベル剝《は》がして潰《つぶ》してるなんて、意外だわ」

「あたしは潰すだけよ。足で踏んでさ。あのバリバリバリッていう破壊感が好きなの」

「え、じゃあその前段階は誰がするの？」

「同居人」

フー、と煙草の煙を換気口に向かって吐きながらマリが答える。現在の同居人とは、つまりマリの交際相手のはずだ。魚住から少しは話を聞いていた。いい人らしい。

「まめな方ですね」

「週に一度、準備万端なペットボトルが用意されてんの。キッチンにズラーって色とりどりのペットボトルが並んでて、端からバリバリ踏んでくのは楽しいわよォ～」

響子は思わず吹き出してしまった。子供じみているが、確かに楽しそうである。生活の中の面倒な事柄で、そんなふうに遊べるマリが羨《うらや》ましい。

「会社、辞めないんでしょ？」

「辞めたら、引っ越しなんてとてもできないし……。いかに親に甘えてたかが身に沁《し》みちゃって、なんか情けないんですけどね。とにかく、結婚する気がないことだけは、ママにはっきり宣言しました。納得していない顔だったから、またなにか画策されるかも……やだな～」

親の持ち物であるマンションの一室に住み、家賃も払っていないのでは、強気に出ることも難しいのだ。母は「親子なんだからいいじゃないの」と言ってくれるが、そのセリフがすでに重い枷《かせ》になっている。母の過剰な心配や気遣いは、いまの響子にとって足首に纏《まつ》わる鉄の鎖なのだ。それを外さないと、巣から飛び立てない。

「でも、ちょっとはいいこともあって。同じ部署の石蕗さんて方と、最近よく話すんです。とても勉強家な方で、一緒にいると刺激的で」

「よかったじゃない。会社に入らなきゃ知り合えない人もいるわけだもんね。部屋の家賃はさ、ママに少しずつでも払うところから始めれば？」

「でもいまの部屋、十二万とかなんですもん。とてもあたしのお給料じゃ、無理」

イラッシャイマセーッと、さっきの若者が声を張り上げる。先輩らしき青年に指示され、台布巾《だいぶきん》を持って走る。

まだ二十歳そこそこに見える彼は、これでいくらのお給料をもらっているのだろう。指先がずいぶん荒れていた。きっと洗い物をたくさんするのだ。時折こっそり膝《ひざ》を曲げている。立ち仕事にまだあまり慣れていないのかしらとも思う。彼はどこに住んで、どんな生活をしているんだろう。

働くって、いったいどういうことなのだろう――。

「できるとこからでも、早く始めたほうがいいよ。じゃないとママもいつまでも響子ちゃん離れできない」

「え、あたしが親離れするんじゃなくて？」

「どっちかっていうとママのほうが問題かも。うちのママに似てるのよね、ちょっと」

意外だった。マリという人は放任主義の両親のもと、世間の荒波に揉《も》まれて育ったと勝手に考えていたのだ。

「エッ、って顔してるねぇ。あたし、子供の頃はすっごい過保護にされてたのよ。分不相応なお嬢ちゃまだったの。ママはあたしがバニラプリンをほっぺにつけちゃうと、レースの縁取りのハンカチで拭《ふ》いたもんよ」

中生ジョッキをがっしと摑《つか》み、銜《くわ》え煙草で言われても、想像しにくい。

「あたしはそりゃーお人形のように可愛くってさ。ママはあたしがいないと太陽も昇らないって人だったわ」

「い、いまも？」

マリはお通しの大根おろしに、醤油《しょうゆ》を三滴落とし、

「いまはもう別の家族と暮らしてる。父親が死んでからは疎遠になってるの」

と答えた。箸《はし》でかき混ぜながら続ける。

「家族の絆《きずな》、とか言うけど、それは解ける時もあるのよね。子供の自立とかも、そうなんじゃないのかな。解けない絆なんて怖くない？　そんながっちり縛られちゃったら、息もできやしない」

釜飯が運ばれてきた。熱いので気をつけてください、と若者がフタを外してくれる。立ち上る蒸気と香り。響子がありがとう、と言うとイエッと若者はかしこまる。

「うちも父がいないから、変に絆が固くなり過ぎたのかもしれないなァ……」

大好きな銀杏《ぎんなん》をご飯の下に一度隠す。忘れた頃に見つかるのが楽しくて、響子はいつもそうする。

「もっと緩やかでいたいわよね。ゆるゆると、繋《つな》がっていたいわ、人と。贅沢《ぜいたく》なのかしらこの考えって」

「贅沢っていうより、難しそう」

繋がりの強弱を自由に調節できたら。それは誰しも考えることなのかもしれないが、実際は困難だ。なにしろ違う人間同士なので、引っ張り合ったり、緩まり過ぎたりとちぐはぐになってばかりいる。

「美味《おい》しい〜。最近肉ばっかり食べてたから、こういうご飯が恋しかったのよね〜」

「あ。肉っていえば、久留米さんにすき焼き御馳走《ごちそう》してもらったんですか？」

　マリが、ぷ、と思い出し笑いをする。

「そうそう。それ報告しなきゃって思ってたんだ。わざとしばらくの間、しらばっくれてたのよ。そしたらさ、一か月後くらいに連絡よこしてきてさー。借金返してないみたいで気持ち悪いからとっとと奢《おご》らせろ、だって。やーねー、あのスケベ。でもきっちり奢らせたわよ、高級店で。本人もヤケ起こして食べてたけど」

　ヤケ食いする久留米の姿が、目に浮かぶようだ。悪いと思いつつ笑ってしまう。

　響子はそれほど久留米と話したことがあるわけではない。それでもどういう人柄なのかは想像がつく。確かに口は悪いし、ガサツで無遠慮なところはあるが、そのぶん嘘がなさそうで好感が持てるのだ。元彼である魚住の恋人が男であることに関して、衝撃がなかったわけではないが、ではほかの女ならいいかというと……もっと違和感があったりする。久留米が相手のほうが、ずっと自然に思える。

　響子と魚住の間には、いま緩やかな絆ができているのかもしれない。その撓《たわ》み具合がいいので、響子も久留米という存在を認められるのだろう。

　──ああ、だからこの人たちといると、心地いいのかしら。

　そんなことをふと思った。

　隣のテーブルに新規の客がやってきて、新人くんが、またイラッシャイマセッと声を上げた。

4

響子が自分の部屋に帰って最初の週末、魚住は岸田《きしだ》家を訪れていた。魚住の養母の実家である。時間があったら顔を見せてくれないかと、電話をもらったのだ。

「ごめんなさいね。忙しいでしょうに」

「いえ。ん〜、ちょっと忙しいかな？」

最近の魚住は週に一度休めればましというほど多忙になってきている。ずっと追いかけている研究テーマがほかの大学でも盛んになってきて、うかうかしていると誰かに追い越されそうなのだ。およそ競争というものに縁のなかった魚住だが、研究ばかりは譲れない。なにかをしていて、ここまでのめり込むのは初めてだった。

「難しいお勉強をしているんでしょう？　免疫、だったかしら。ふふ。あの人ったら、自分がしてるみたいに自慢げにわたしに話すの」

そう言うのは祖母で、あの人、というのは祖父のことである。もっともふたりとも魚住と血の繋がりはない。

いつもの客間ではなく、縁側にいた。

祖母は庭で小さな焚《た》き火を熾《おこ》している。

枯れ葉と小枝の燃える匂いはどこか懐かしい。ちりちりと上がる火の粉の赤。東京では最近、焚き火など滅多に見なくなった。

十月に入って間もないが、今日は風が少し冷たい。魚住は近くに行って火にあたりたかったが、それを許さない者がいた。

「真澄さんのお膝がお気に入りねぇ」

濡《ぬ》れ縁に座る魚住の膝上《ひざうえ》で、右耳の一部が欠けた猫が丸くなって寝ている。

「今日、お祖父《じい》さんは？」

「逃げちゃったわ」

「え？」

浅黄色のニットに、チェックの長いスカートを穿《は》いた祖母が、微笑みながら濡れ縁に腰掛けた。祖父はもう七十を越したが、この祖母はまだ還暦を過ぎたばかりだ。和服姿だと落ち着いて見えるが、今日のように洋装だと年より五つは若く、どこかあどけなさすら垣間《かいま》見える人である。

「この間の冬……白梅の頃だったかしら。真澄さんがいらしたでしょう？　その後からずっとゴソゴソなにかを探していたのよ。わたしには教えてくれないの。ずるいわねぇ。それで、やっと見つかって、じゃあお呼びすればいいじゃないですかって言ってるのに、ここからまたグズグズしだして」

にゃあう、と膝の猫が相槌《あいづち》を打つように鳴いた。

「はあ。なにを探してたんですか？」

「こっちにあるわ。ほら、真澄さんからお退《ど》きなさいゴルゴ」

「ゴルゴ？」

「その子、後ろに人が立つの嫌がるのよ」

祖母はマンガなど読むのだろうか。ゴルゴは尻《しり》のあたりをぽん、と押されて、不満げに魚住から退いた。

祖母と一緒に居間に移動する。こたつに入って待っていると、茶箪笥《ちゃだんす》の下にある抽斗《ひきだし》から、祖母が小さな包みを取り出した。

「奈美《なみ》ちゃんの遺品に入っていたの。奈美ちゃんは、真澄さんから預かったのかしら？いずれにしても、あなたが持っていたほうが、いいものだわ」

奈美とは、魚住の養母の名である。ハンカチ大の縮緬《ちりめん》に包まれていたのは、お守りだった。紫色のそれは、角がぼろぼろで、繊維も毛羽立っている。相当に古い。

これを忘れては、いなかった。

「……あれ。まだ、あったんだ」

「あったのよ」

赤ん坊の魚住と一緒に残されていたのがこのお守りだった。子供の頃は首にかけていたが、いじめっ子に紐《ひも》を切られてしまってからは、持ち歩かなくなった。取られることが怖かったのだ。

――きっと、お母さんはおまえのことが大切だったんだけど、どうしようもない事情があったんだよ。ちゃんと持っていなさい。唯一の、手がかりだからね。

大人たちは口を揃えてそう言った。年端もいかない子供だった魚住は、持っていればいつか母親に会えるのだと勘違いした。成長するに従って、その望みは薄いのだと悟り、むしろお守りは、放棄を意味しているように思えた。

私は守れないので、神様よろしく……。いっそ、そのほうが納得がいく。

自分はいらない子供なのだ。特別憎まれてもいなかっただろうが、必要とされてもいなかったのだ。だから捨てられた。川原の土管の中で、そう決めた。

どうして迎えに来てくれないのだろうといつまでも待っているより、もう迎えには来ないのだと諦《あきら》めたほうが楽になれる。一度そう考えてしまうと、もうお守りには縋《すが》れなくなった。

「あ。思い出した。おれ、いらないから捨てて渡したんだけど。お母さん、取っておいてくれたんだ」

「奈美ちゃんの、一番大切な小物入れにあったのよ。婚約指輪やら、お兄ちゃんのへその緒やらと一緒にね」

手のひらの上のお守りを見る。

小さくなった気がした。自分の手が大きくなったのだと、すぐに気がつく。

ゴルゴが足音もなく居間に入ってきて、また魚住にすり寄ってくる。

「邪魔になるほど大きなものじゃあないでしょう。持っていなさいな」

「はい」

素直に頷《うなず》いて、ブルゾンの内ポケットにしまった。もぞもぞと動いたのを嫌ったのか、ゴルゴはこたつの中へ潜入を図る。

「あの人、こんな品をいまさら渡したら、真澄がまた泣いてしまうかもしれん、なんてすごく悩んでたのよ。最近のあの人ときたら、あなたの話ばかり。学者もいいが、二枚目だから役者になるのもいいかもな、なんて言いだしたり」

「うーん」

いくらなんでも役者は無理だ。大根に手足をつけたほうが、まだ演技が上手《うま》いだろう。

「ねえ真澄さん。好きなことをおやりなさいな。せっかく生まれたんですもの」

「してます。好きなこと。おれ、いまかなり楽しいです」

祖母がそれならよかったわ、と頷く。それから茶筒のフタをポン、と開ける。

「焚き火の中に、おイモを入れてあるの。一緒におやつにしましょう」

柔和な笑顔に、魚住も微笑んだ。おやつはいつでも嬉《うれ》しい。

その後、ほこほこと甘い焼き芋を御馳走《ごちそう》になって、午後三時頃に岸田家を辞した。

住宅街を、ひとり歩いていると、時折カサコソとお守りが内ポケットで動く。

祖母はただ、持っていなさいと言った。大切にしろだの、唯一の繋《つな》がりだの、さんざん魚住が周りの大人たちに言われてきたようなことは一切口にしなかった。

自分を産んだ人のことを考える。

まだこの世にいるのか、あるいはもういないのか。それすらわからない母のことを考えるのは、子供の頃は辛《つら》過ぎたのだろう。明確にその時の気持ちを思い出せるわけではないが、土管の中でお守りを握りしめて川面《かわも》の光を見ていた自分は、結構可哀相な子供だったよなと回顧する。

いまは、なんとかなっている。

おそらく、このお守りを自分に与えた人に、会えることはないだろう。根拠はないが、そんな予感がする。

「あれ。どっちだっけ」

気がつくと、駅に戻る道を見失っていた。さっき曲がった角は間違いだったらしい。

「ん〜？」

いいかげんに歩き続けていたら、ますます知らない場所になっていく。これはまいったなと思いながら、とにかく広い道路に出ようとうろうろする。せめぎ合っていた住宅がふっつりと途切れて、見晴らしのいい道に出た。

その道路の向こう側は土手になっている。土手の向こうは川である。行き止まりだ。

「あれ」

江戸川《えどがわ》が近くにあるのは知っていたので驚きはしないが、駅方向とは逆に歩いてしまったことになる。

まあせっかくだからと思い、土手をにじにじと登って河川敷に出た。視界が急に開けて、空が大きくなる。

川だ川だ、と少しウキウキする。

魚住は水っ縁《ぺり》が好きなのだ。実は海も好きなのだが、遠出するのは面倒なうえに、ひとりで行くほどの執着はないし、かといって誰が誘ってくれるわけでもない。結局、滅多に行かない。

対岸には緑地が広がって、犬の散歩をしている人影が見えた。

疲れたので、座って休む。

久留米だったらこういう時に一服するんだろうなぁ、などと思う。夜には魚住の部屋に来る予定なのだ。

ライトブルーの空、鰯雲《いわしぐも》が北の方向に裾《すそ》広がりに薄くなっていく。

ひとりで川を眺めるのは久しぶりだ。とても気持ちがいい。子供の頃とはずいぶん違う。とりわけ、空の印象がまったく違う。なぜだろうか。

「あ。そっか」

声に出して呟《つぶや》いた。簡単な話だ。土管の中にいないからである。丸く切り取られた景色の中では、空はほんの一部分しか見えない。川面の上、僅《わず》かな空はすぐに土管の縁に切り取られてしまっていた。限定された光景は、それはそれで絵画のように綺麗《きれい》ではある。狭くて暗いが落ち着ける場所だった、あの土管からの眺めも魚住は否定しない。

けれど、いまはもう、外に出たのだ。

するとこんなふうに空はスコンと高く、広がっていて、果てがない。

こんな空は、あの男と一緒に見たいなァと思う。

携帯が鳴った。液晶にはちょうど考えていた男の名前が出ている。慌てて繋げる。

「もしもし」

『おれ』

「うん。どうしたの」

『おまえ、用事すんだのか？』

「すんだけど、迷子中」

『はあ？　おまえのじいさんちは秘境か？』

「いや葛飾区《かつしか》なんだけど。いま、川に出たから、駅の方向はわかった」

『なんでもいいから、早く帰ってこい』

久留米の声の後ろがやけに騒がしい。なにかあったのだろうか。

「なんかざわざわしてるよ？　どうかしたの？」

はい、下がって下がって！　危ないから入らないで！　そんな声がしている。尋常な雰囲気ではない。

『ちょっとな』

「ちょっとって？」

『崩れた』

「え?」

『アパートが半分崩れちまった。まだ詳しくはわからんけど、なんか木が腐ってるらしいぞ。おれやサリームの部屋は無事だけど、一階の北側が潰《つぶ》れてる』

「え？」

『崩れた』

口を開けたまま魚住は立ち上がり、斜面にいたせいで危うく転びそうになった。

月曜日がキライ。

そういうサラリーマンやＯＬの気持ちが、最近の響子にはとてもよくわかる。

大学院にいた時は、実験のスケジュールなどの関係で日曜も出ることはよくあったし、また逆に平日に休める場合もあった。いずれにせよ、好きでやっていることだったので精神的な苦にはならなかった。身体がきつかったり、実験が上手くいかなくてイライラしたりはあったが、会社で受けるストレスとは質が違う。

通勤途中に、気がつくと小さな声でドナドナを歌っている。売られていく子牛と自分を重ねているのだろうか。

意識してやっていればギャグだが、無意識のドナドナはかなり暗い。大学院時代は研究のことを『仕事』と呼んでいた。だがいまの『仕事』とは相当違う。そもそも大学には授業料を払っていた。会社には給料をもらうのである。その点においてまったく逆なのだ。

「おはよう、荏原さん」

ロッカー室で石蕗の姿を見つけて、ホッとする。最近は石蕗と一緒にランチを食べるのが唯一の楽しみになりつつある。

「おはようございます。あれ、いつもより早いんじゃないですか？」

「今日は忙しくなりそうだから。あなたいつもこの時間なの？」

名札をつけ、靴を踵《かかと》の低いものに履き替えながら響子は頷く。

「ええ。朝いちのお茶の支度がありますから、十五分前にはお湯を沸かさないと」

それを聞くと石蕗はきゅっ、とくちびるを噛《か》んだ。

「困った慣習だわね。一日十五分。四日で一時間。それだけタダ働きしているわけなのに、室長は無関心だし……まあ、あとしばらくの辛抱よ」

「はい？」

意味の摑《つか》めなかった響子が、あらためて石蕗を見る。視界に入ったラズベリー色のスーツは、おろしたてのようだ。いつもより強い色味はとてもよく似合っている。同系色のルージュはアウトラインがきっちり取られていて、強い意志と知性が滲《にじ》み出ている。

顔立ちが特別整っているわけではないが、今朝の石蕗は魅力的という賛辞に値する。目に力があるのだ。

「引き抜くわよ」

「え？」

分厚いファイルが、石蕗のロッカーから取り出された。

「私は今日付けで、新薬の開発プロジェクトチームに異動なの」

「ええっ？」

大きな声になってしまった。石蕗が苦笑する。

「あら。驚かれちゃったわねえ。これでも一応、そこそこは使えるのよ。研究所で弁理士の資格持っているのは私だけだし。三年前に身体を悪くしてから残業のない事務についてたんだけど……もう体調も万全だから」

「弁理士……石蕗さんて、法学部だったんですか？」

「いいえ、薬学部。でも弁理士って理工系のほうが多いのよ。特許取得って専門知識必要だから。今回のプロジェクトは長くかかる予定でね、だからこそ若い人に来てほしいの。きつい仕事になるだろうけど、荏原さんにやる気があるなら、部長に推薦したいのよ。免疫学に強い人材がいてくれると助かるし。……どう？」

カシャン、とロッカーが閉じられた。

どうもこうもない。

興奮して、指先が震えた。

自分にどこまでできるのかわからない。不安もある。それでも、答えは決まっていた。

「行きます。石蕗さん、絶対に連れていってください」

石蕗が目尻《めじり》に皺《しわ》を寄せてにこりと笑った。

「じゃ、お茶なんか淹《い》れてる場合じゃないわ」

厚いファイルを手渡される。

ずしんと重いファイルなのに、手にした途端に身体が浮くように感じられ、恋にでも落ちたかのように、響子の胸は高鳴った。


「久留米くんたちのアパート、崩壊したんだって？」

魚住は、午後になって大学に出てくるなり、濱田にそう聞かれた。耳が早い。おそらく情報ルートはサリーム↓マリ↓響子↓濱田と推察される。

「一部、崩壊です。怪我人は出なかったけど、危険だからいまは入れなくなってて……もう取り壊すしかないみたいです」

「誰か、爆弾でも作ってたんですか?」

話を劇的にしたがる傾向のある伊東がそんなことを聞いてきた。

「犯人はシロアリ。建物の土台の木材は、もうスが入ったみたいになってて、よく保《も》ってたなってほど食い荒らされてたらしいよ。そういえば変な羽虫が飛んでたんだよなー、あのアパート」

教授のアシストをする授業用のプリントを用意しながら魚住は答えた。虫全般が苦手な伊東がうげー、と顔を歪《ゆが》める。

とりあえず、久留米もサリームも必要最小限のものだけを持ち出し、昨日はふたりとも魚住のマンションに泊まったのだ。この後、許可が出次第、家財道具を搬出する。どのみち、あのアパートにはもう戻れない。

半壊したアパートは惨めな姿だった。北側だけが崩れて、片方だけガックリ肩を落としている人のようにバランスが悪い。魚住はそれをぼんやりと見ていた。

「……なくなっちゃうのか、ここ」

居心地のよかった、狭い空間。

黄ばんだ畳。ささくれた窓枠とヤニで茶色くなった壁——横で、久留米が煙草を吸いながら、

「崩れる瞬間、すげえ音したぞ」

とあっけらかんとした声を出していた。サリームはサリームで、

「こういうのを、色即是空と言うのでしょうかね」

などと言いだす。

夕焼けに染まりだした空の下で、三人は長い間アパートを眺めていた。

「でもまあ、ふたりとも無事でなによりだよ」

濱田がそう言ったところで日野教授のデスクの電話が鳴った。教授と秘書は昼食に出ていたので濱田が取りに行く。

「あのー。魚住さん」

伊東が横で、もじもじした声を出す。

「なに？」

「ええと、そうすると今後は、久留米さんと、一緒に住むんですか？」

「……なんで。久留米は会社の寮があるから、そっちに行くよ。サリームも新しい部屋が見つかるまで、学生寮にいられるって」

「あ、そっスか……いや、ほら、魚住さんとこなら広いから、もしかしたらなんて思っただけで。はい、それだけで」

やはり伊東は勘づいている。

視線を感じながら魚住は黙々とプリントを数え続けた。もう何枚だったかわからない。それでも手だけは動かしている。いま止めると顔が真っ赤になりそうなのだ。

今朝、サリームが大学に出かけた後が――大変だった。

たらしい。久留米は会社から休暇をもらっていた。アパート半壊では、上司も文句を言えなかっ

「先週も、おあずけ食らったんだからな、多少つっ走るけど、ちゃんとついてこいよ」

そんな体育会系なセリフで口説かれても困ると思った。基礎体力が違うのだ。

おまけに朝っぱらから、そのテの声を上げるのも躊躇《ためら》われて、かといってくちびるを噛んでいると、久留米はそれが気に入らないらしく、ますます意地悪をしかけてくる。

甘い悪循環に翻弄《ほんろう》されて、途中からわけがわからなくなった。

久留米は勘がいい。瞬発力もある。

やはり運動神経に優れていると、セックスも上手《うま》いのだろうかと思ってしまう。魚住の一瞬の反応を絶対に逃すことはなく、つい漏らした喘《あえ》ぎを聞き流すこともなく、それ以上されたらどうにかなってしまうと思った瞬間、それ以上のことをしてくるのだ。

2ラウンド目、繋《つな》がったまま揺すりあげられ、それでも絶え絶えに、午後は大学に出なければならないと訴えた。久留米は上がった吐息と共に、

「……しょーがねぇなァ……」

と耳元で呟《つぶや》く。直後、抱えられていた脚をさらに高く上げられ、身体の硬い魚住が呻《うめ》く。急に上がったピッチについていけなくて、声を殺すどころではなくなってしまう。

思わずギュッと目を閉じると、

「開けてろ」

と擦《かす》れ声で叱られる。

しばらくすると、久留米が頂を越えた。その表情に見蕩《みと》れながら、魚住も久留米の手の中で達する。身体が蕩《とろ》けるかと思うほどに、気持ちがよかった。

イニシアチブを取っているのは久留米だが、この試合はいつもドローだ。ふたりとも直後はベッドに沈み込み、しばらくは動けない。

そんなわけで、魚住の腰は本日ひどく怠《だる》い。

一時をまわった頃、日野教授が秘書と共に食事から戻ってきた。

魚住を見つけてホイ、と片手を上げる。魚住はつられて片手を上げ、直後慌てて頭を下げる。いつもこんな調子なのだ。

「教授、ドクター・ロバーツから電話がありましたよ」

濱田の言葉に「ア」と振り返り、一度通り過ぎた魚住の前にひょこん、ひょこんと戻ってきた。足が少し不自由な教授は杖《つえ》を使っている。

「魚住くんの件なんだ、それ」

「は？」

初老の教授はニコニコしながら、魚住の頭をポムポムと叩《たた》いた。

「あのね。きみね。アメリカ行きなさい。ロバちゃんの欲しがってる人材にピッタリなんだよ魚住くん」

「え？」

あまりに唐突ではあるが、もしかしたら留学の話なのだろうか。

「今度、ロバちゃんが来るの、こっちに。彼、寿司が好きでね。年に一度は日本に来ないとオカシクなるんだって。でも一番好きなのはカリフォルニアロールだなんて言うんだから、邪道だ。あれアボカドだよ？　アボカドがマグロに似ているなんてとんでもない話だ。全然、色、違うし。まったく始末が悪いアメリカ人なんだ。なんだっけ。ああ、そうそう。ま、その時紹介するから。よく話聞いてみて」

独特のテンポで一方的に喋《しゃべ》り、自席に戻って、こないだもらったクサイお茶が飲みたいな〜、と秘書にリクエストする。魚住も相当なマイペースであるが、ここの教授は年の功のぶん、その上をいっている。

「魚住さん。留学するんですか？」

「え。いや、初耳……」

伊東にそう答えながら、魚住は冬に岸田家を訪れた時、祖父が留学したらどうかと話していたのを思い出す。

「いいかもしれないよ、魚住くん。向こうでドクターを取れるなら、それに越したことはない。なんだかんだいっても、ミュージカルとサイエンスはアメリカが本場だ」

濱田は驚いた様子もなくそう言う。

「え、でも。濱田さんだって、留学話あったんじゃないですか？」

そう返すと、僕は日本から離れる気はないの、とあっさり答えられてしまった。

留学。アメリカ。

行きたくないわけではない。

専門誌やインターネットで次々に発表される研究結果。魚住は時間の許す限り、それらに目を通している。注目に値する論文を出すのは、やはりアメリカのラボが多い。なにしろ世界中から人材が集まる国なのだ。優秀な研究者のもとに、優秀なスタッフが集まれば、優れた結果が出せる可能性はおのずと高くなる。環境も日本の大学に比べ、格段に整っている。

「アメリカ……か……」

距離は離れていても、馴染《なじ》みのある国だ。遠くは感じないが、一度行ってしまえば数年は向こうで生活することになるだろう。時間と旅費を考えれば、途中帰国もそうそうできない。

「魚住くんもそろそろ、人生の岐路、ってやつかな」

ぼんやりしている魚住の手から、プリントを取り上げて濱田が数え始める。

「きみの場合、言葉の問題はクリアしてるんだし、この先もサイエンティストとしてやっていきたいなら、悪い話じゃないと思うよ。どんなボスにつくかによって、留学生活は決まってくるから、そのへんはきちんと話し合うべきだね。いずれにせよ、自分で、よく考えて結論を出せばいい」

「そう……ですね」

給湯室からはラベンダーの香りが流れてきた。教授の飲みたがっていたクサイお茶とはラベンダーティーだったらしい。

伊東が「ア」と呟き濱田に向かって、

「誰でしたっけ？　映画で。ラベンダーの匂い嗅《か》ぐとタイムスリップしちゃうのって」

と聞いた。プリントを捲《めく》りながら濱田は首を捻《ひね》る。知らないようだ。

回答は意外な方向から返ってきた。

「ハラダトモヨ！」

書棚を隔てた向こう、日野教授の声はどこか楽しげだった。

アイ　ワナビー　ア　フィッシュ

1

靴紐《くつひも》が、解けたのだ。

「ちょっと待って、久留米」

「アア?」

魚住は足を止めて屈《かが》み込んだ。

よろけて、アスファルトに手をつく。晩秋の路面は冷たい。砂よりは大きい粒子が手のひらに食い込んで、小さな痛みをもたらす。

解けた靴紐は侮れない。

もともと、しっかりした足取りとは言い難く、なんの凹凸もない場所でつんのめることも多い。自分の靴紐を踏んで、すってんころり。二十七にもなって、そんなマンガじみた失態を真面目に演ずるのが魚住真澄である。

「おれ、そこで煙草買ってっぞ」

振り返った久留米が言う。ふたりは交差点の手前を歩いているところだった。

「うん」

顔を上げないまま返事をし、不器用な手つきでスニーカーの靴紐を直す。上手《うま》く結べない。蝶《ちょう》結びがいつも縦になってしまうのが自分でも不思議だった。

俯《うつむ》いた襟首の隙間から、冷たい風が忍び入ってきた。「寒」と小さく呟《つぶや》く。久留米が着ているようなフードのついたパーカーが欲しいと思う。この間こっそり着てみたら、裏起毛でとても暖かかった。

——でも、あのフード被《かぶ》ってる人あんまり見ないよなァ。飾りみたいなもんなのかな？　耳が寒くなくていいと思うのに。

そんなことを考えながら、ついでに緩みかけていたもう片方も直す。少しだけ視線を上げると、久留米がちょうど角を曲がろうとしていた。その先に、お気に入りの銘柄を常備している煙草の自動販売機があるのだ。

見慣れた長身の背中。

近頃の久留米は、いい意味でおっさんっぽくなった。相変わらず童顔で、いまだに学部生に間違えられる魚住としては羨《うらや》ましい限りだ。スーツとタイを身につければ、落ち着きのある、有能なサラリーマンの風情が漂う。どうやら係長に昇進する日も遠くはないらしい。久留米の同僚である安藤《あんどう》るみ子から、時折メールで情報がくるのだ。

それでも休日のラフなスタイルになると、学生時代の久留米に少し戻る。裾《すそ》のすり切れたジーンズから見え隠れするスニーカーは踵《かかと》がずいぶん減っている。久留米は徹底的に靴を履き潰《つぶ》すタイプだ。靴下も同様で穴が空くまで履いている。

一瞬だけ見せた、男っぽい線の横顔に魚住は見蕩《みと》れた。髭《ひげ》を剃《そ》っていない顎《あご》が、やや翳《かげ》っている。鼻の頭を親指で擦《こす》った。

その姿が、消える。

直後、急停止する車のブレーキ音が魚住の耳に突き刺さった。

悲鳴のような、その音。

車が咄嗟《とっさ》にスピードを殺そうと足掻《あが》き、タイヤと道路が強く擦れ合う音を、魚住の鼓膜は覚えていた。

あの時——すぐ目の前の、遅過ぎたブレーキ。

跳ね飛ばされ、叩《たた》きつけられ、二度轢《ひ》かれた少女。

バクン、と心臓が叫ぶ。

「やあねぇ、危ない。このへんじゃ、うっかり子供を遊ばせられないわね」

そう言いながら歩いてきた若い主婦ふたりが、しゃがんだ姿勢のまま固まっている魚住の横を歩く。耳のすぐそばをカシャカシャと鳴るスーパーの袋が通り過ぎる。

動けなくなっていた。

立ち上がれない。息が苦しい。

喉《のど》が封鎖されてしまったかのように、空気を吸い込めない。

一度停まった車がまた発進する。低くエンジン音が聞こえる。なにごともなかったかのように、流れだす車たち。回復するスムースな交通。

事故ではないのだ。

大丈夫だ。誰も轢かれてない。誰も死んでない。久留米はぶつかっていない。

久留米は死んでいない。

「……く」

血が足もとにばかり溜《た》まって、頭の芯《しん》が痺《しび》れるように冷たくなる。

声が出ない。

「おい？　なにやってんだおまえ。靴紐結ぶのに何分かかってんだ」

一度消えた角から、久留米が再び現れた。それがまるで巻き戻した映像のように感じられて、魚住の中でなかなかリアルになってくれない。なにか言おうと思うのだが、舌がやけに硬くなって言葉を吐き出せない。

目が合うと、久留米が眉《まゆ》を寄せた。

「真っ青じゃねーか」

腕を引っ張り上げられて、魚住は立ち上がった。その途端、ぐらりと身体が揺れる。ひとつ大きく叫んだきり、凍っていた心臓が、今度はやけに速く走りだす。そんなに速いとついていけないというほどのスピードで。

久留米のパーカーの袖《そで》に縋《すが》る。立っているのがやっとだった。

「魚住……コラ。おれは生きてっぞ」

その腕に寄りかかりながら、ガクガクと頷《うなず》いた。

わかっている。なんでもないことだ。交差点でちょっと勢いづいた車がブレーキを踏んだだけだ。誰も傷ついていない。

誰も誰かを失ったりしていない。

「魚住」

呼ばれている。

返事をしたかった。

できない。酷《ひど》く気分が悪い。吐きそうだ。

怖い。

怖い。

——怖い。


「道端で、ぶっ倒れたって？」

本棚と事務机しかない殺風景な中、この研究室の主である南雲《なぐも》医師が言った。その手の中にアンパンマンのぬいぐるみがある。

「おまえさん、自分でちゃんとわかってんだろ。自分の症状のこと」

正義の味方は新品ではない。

もっとふっくらしていたはずのその顔は、かなり扁平《へんぺい》になっている。幼い患者にもらったか、預かっているのだろう。

「はあ。PTSDでしょうね」

「はあ、ってなあ。人ごとみてーに」

呆《あき》れ顔の南雲が口髭《くちひげ》を撫《な》でる。

「俺は、専門家じゃねえからアレだけど。でもまあ、いるよ。子供の様子が変だって連れてくる中に、たまにな。こないだも……震災で母親に死なれた子供がいた。父親と東京に移ってきてからも、ちょっとの揺れでひきつけを起こすんだ」

「……怖いですよね。地震」

魚住も地震は嫌いだった。人災と違って避けようがないところが厄介だと思う。慌てふためきはしないが、軽い揺れでも目が覚めてしまうことは多い。久留米などは、震度3でも起きない。

「そうだな。おまえさんの場合はたぶん……」

「車のブレーキ音がトリガーになって、フラッシュバックが起きるんです。で、激しい不安感からパニック発作に陥る」

南雲より先に、魚住が言った。

「……自己分析できても、役には立たねえんだぞ？」

「はあ」

まったく、その通りである。インターネットと文献で自分と合致する症状を見つけはしたが、ワクチンがあるわけでもなし、やっぱりな、と思っただけだった。

相変わらず飾らぬ態度の髭面が、煙草を取り出そうとして、やめる。

「ヤニ臭いとガキどもが嫌がるんだよな」

「はあ。でしょうね」

「子供はハッキリ言いやがるからな。ヒゲせんせーのお口くさーい、ときたもんだ」

煙草の代わりにのど飴《あめ》を口に放り込んで苦笑いする。

「食うか?」

「いえ」

魚住は最近、飴やガムの類《たぐい》を食べない。なにかの拍子に、喉につかえそうで怖いのだ。初めてフラッシュバックを体験した時の窒息感がそうさせているのかもしれない。

あれから一週間が経っていた。

もうすぐ十二月になる。

日に日に気温は下がり、魚住の指はかじかんで、上手《うま》く動かなくなる。特に左の中指には後遺症が残っていてまだ不便だ。手首の皮膚は治癒しても神経についた傷はなかなか治らない。

「アンパンマンって」

ぬいぐるみと目が合う。

「ああ?」

「自分の顔を食べさせちゃうんですよね。お腹を空《す》かせた人に」

「ああ、こいつか」

「すごい自己犠牲ですよね、それって。顔ですよ。よりによって、顔」

「まあ、なあ」

南雲が手の中で揉《も》むように遊んでいたぬいぐるみを眺める。

「こいつの場合、新しい顔を作ってもらえるからな。ジャムおじさんに」

なんでそんな話を、とは言わなかった。それきり、また会話は途切れた。

木枯らしが窓を叩いている。呼ばれているような気持ちになって、魚住は窓を見る。

当然、誰もいない。

風に形はなく、なにも見えない。

「留学の話があるんだって?」

突然の質問に、窓から視線を外さないまま魚住が「ええ」と答える。濱田から聞いたのであろう。

「行くのか? アメリカに」

「まだ決めてないですけど……」

「行くなら、なおさらなんとかしないとな」

PTSDを、と言いたいのだろう。

確かに慣れない環境に飛び出していく以上、心身ともに不安のない状態に調整しておくべきだろう。

「そうだ。おまえ、今年もやってくれるか？　天使」

「あ。はい。いいですよ」

天使とは、小児病棟で毎年行われるクリスマス会でプレゼントを配ったり、子供たちと遊んでやる役割のことである。

ちなみに南雲はサンタクロースの扮装《ふんそう》をする。外に出ることもままならない幼い入院患者たちが、心待ちにしている行事だ。

その日ばかりは消毒液の匂いも薄れ、苺《いちご》とクリームの甘い香りが病棟に満ちる。食事制限のある子供もいるので、振る舞われるのはほんの少しずつだが、それでも子供たちは大喜びする。白いクリームの上の苺を惜しんで、なかなか食べない子もいる。

魚住は去年、白い衣装と偽の翼をつけた格好で、初めてさちのと出会ったのだ。

やせっぽちの、目ばかりが大きな——昔の魚住によく似た中学生。

最後まで運の悪かったあの少女。

「……医学や科学の進歩は、止めようと思っても止められん。シャーレん中で進んでいく実験は、倫理や道徳が入り込めないとこにあるからな。その是非は置いとくとして、人工骨や人工臓器や、すげ替えの利く身体の部分てのは、できてる」

「……はあ」

南雲が、アンパンマンをポン、と魚住に放った。薄汚れたぬいぐるみを受け取り、魚住はやっと視線を窓から離す。

「けど心ってやつは、すげ替えるわけにはいかん」

「……脳移植は？」

「なんだ。おまえさん唯脳論者か？　心の所在は脳ミソだけかよ？」

「いいえ。ちょっと、言ってみただけ」

アンパンマンからは、子供特有の甘ったるい匂いではなく、湿布の匂いがした。心の在り処《か》。そんな難しいことは、魚住にはわからないし、わかりたくもない。そういう話は、哲学者とか心理学者にまかせておいたほうがいいと思っている。

「心療内科を紹介するから、一度診察を受けてみろよ」

「そう……ですわ。お手数かけます」

「へえ。大人の挨拶《あいさつ》できるじゃねぇか」

そう笑った熊のような医師は、魚住から再びぬいぐるみを取り返して、今度は机の上に鎮座させた。顔を食べられても笑い続けるヒーローは、上手く座れなくてコテンと倒れてしまった。

「PTSDってのは、最近よく聞くけど……つまり、どういうもんなんだ？」

段ボール箱の中の食器を取り出し、新聞紙をバリバリと剝《は》がす作業の手を休めないま、久留米が尋ねる。

「post-traumatic stress disorder……日本語だと心的外傷後ストレス障害となりますね」

しわくちゃの新聞紙を伸ばし、丁寧に畳んで重ねながらサリームが答えた。この新聞紙はまだ捨てない。湿らせてガラスを拭《ふ》くと綺麗《きれい》になる。

アパートがシロアリ被害で半崩壊して二か月。サリームは学生寮から新しいアパートに越した。今度の住まいは以前に比べ小綺麗と言える1Kである。木造モルタルで新築ではないが、水回りはリフォームされているし、ガスコンロも二口あるので料理の腕もますます振るえる。住所はほとんど変わらない。せっかく顔馴染《なじ》みになった八百屋や肉屋や魚屋の人たちと離れるのが惜しかったし、サリームはこの街を気に入っていた。

「心的外傷って、トラウマってやつか」

久留米は仕事が定時で終わったからと、引っ越しの様子を見に来てくれていた。実際は定時で終わったのではなく、そうなるように調整してくれたのだとサリームにはわかっている。けれど指摘すると照れてむくれるので、黙って感謝することにした。

「そうです」

「けどよ。なんで今頃そんなことになるんだ？　あいついままでだってさんざんな目に遭ってきたのに、ノホホーンとやってきたじゃないか」

「うーん……」

久留米の言い分もわかる。これまでだって、魚住の人生は辛辣《しんらつ》なものだった。それでも顔色も変えず、飄々《ひょうひょう》と生きてきたのだ。

マリはそれを『ニブイから』だと言っていた。鈍感でいることが、魚住なりの自分を守る術《すべ》であった、という意味なのだろう。だが自らを鈍化させるというのはやはり緊急逃避手段でしかなく、長く続けているとひずみが生じてくる。ひずみは味覚障害、性的不能、無意識の拒食などの形で現れていた。本人がさほど気にしていないので、周りも騒ぎたてはしなかったが、それらは立派な神経症なのだ。

そして、去年の冬。あの少女の死が、魚住の中のなにかを変え、ある意味、魚住は解放された。サリームはそんなふうに分析している。

「……目を開けきってしまったから、なのかな、とも思うのですが」

「目？」

「心の目というか……いままで半眼くらいで生きていた魚住さんの目が、全部開いた。そんなふうに感じるんです。それはいいことでもあるのですが、一方でこれまで見なくてすんでいたものまで、すべて見えてしまう……」

開けさせた一因は、ほかならぬ久留米であろう。両者が親密な関係に——はっきりいえば恋愛関係になったことは、あの少女の事故と同じように、魚住の世界を少なからず変えたはずだ。

普通なら恋愛初期というのは心浮かれ、周囲の世界すら輝かんばかりに見えるものだろう。けれど魚住の場合、世界を美しいだけと感じるのは無理がある。子供の頃から、あまりにも多くの辛《つら》い現実を見てきているのだから。

きっと、両方が見えるのだ。

キレイもキタナイも。

幸福も不幸も。

それらがいきなり明瞭《めいりょう》に視界に現れ、剝《む》き出しになった神経に触れてきた時、人間はかなりきつい心理状態になるのではないだろうかとサリームは考える。さっき久留米から、魚住にＰＴＳＤらしき症状が現れたと聞いた瞬間は、正直、寒気すら覚えた。

もしかしたら、魚住はいま、かなり危うい状態なのではないだろうか。

「なんか。わかるような、わかんないような……」

おそらく久留米には、魚住のぎりぎりな部分はあまり見えていない。自分の目の前で苦しみだした恋人の追い詰められた感覚を、久留米という男は理解できない。いや、頭ではわかるし、心配もしている。しかし性格的な資質があまりにかけ離れているため、感情的な同調《シンクロ》は難しいのだ。

「サリーム。腹減らないか？　ピザでも取るか？」

そんな久留米なので、きちんと腹が減る。魚住に同調していたら、ピザはいささかヘビーであろう。

「あ、もう八時半ですもんね。そうしましょうか。台所片づいていないし」

ちょうど、アパートのポストに突っ込まれていたメニューちらしがある。久留米もこれを目にしてピザを提案したのかもしれない。

「うーん。おれ、ピザにポテトがあるのってなんか嫌いなんだよな……ペパロニとかシーフードは好きだぜ」

「じゃあ、この今月のおすすめのハーフ&ハーフにしましょうか」

それにしよう、と同意した久留米がキッチンから畳の上に移動した。段ボール箱に寄りかかって、一服タイムらしい。

「……なあ。ＰＴＳＤってのは、みんなあんなふうに突然具合が悪くなったりするのか？　まるで息の仕方まで、忘れちまったみたいに」

相当気になっているようで、話がまた戻る。無理もない。なにしろ相思相愛のふたりなのである。

「ええと……僕も新聞や一般向けの本などでしか知らないのですが」

サリームは灰皿代わりになるものを探すが、見あたらない。久留米がいいよ、と携帯灰皿を出した。

「魚住さんのように昔の辛い経験が突然自分の中で蘇《よみがえ》るのを、フラッシュバックというのだそうです。症状としてはほかに、無気力になって自殺を企てるケースや、アルコールに走るケースなどいろいろあるみたいですが……。確か最初にこの問題が出てきたのはアメリカで、ベトナム戦争の帰還兵たちにそういった症状が多く出て、社会問題になったからだと記憶しています」

「戦争、か」

「ええ。生死のギリギリに曝《さら》されていた体験が、そこから生還してもなお、彼らを蝕《むしば》んだんでしょうね」

フー、と久留米が煙を吐きながら後頭部を掻《か》いた。厄介だなァ、という顔をしている。

「治んの？」

「え？」

「それって、治んのか。ＰＴＳＤって」

サリームは大きな目を伏せ気味にする。

「治る、というか……カウンセリングや薬で克服した人は多いでしょう。ただ、起きてしまった事故や事件は、もう覆しようがないですから……」

「その過去とどう折り合いをつけるか、そういうことになんのか？」

そうですね、と同意する。手にした宅配ピザのメニューを見てはいるが、サリームの指はなかなかダイヤルを押さない。

もしも、自分が魚住だったら——耐えられるだろうか？　畳みかけるような勢いで襲ってくる不運と、幾度でも蘇る記憶。自律神経を狂わせるほどの恐怖の再生。

久留米はそれきり黙って煙草を吸い続ける。酷《ひど》く不味《まず》いものを口に銜《くわ》えているような顔をしていた。

「アラ。あんたも来てたんだ」

埃《ほこり》が立つため、半分ほど開けていたドアからスリムジーンズのよく似合う美女が姿を見せた。マリである。手編みの風合いのマフラーはしっとりとした杏《あんず》色でやたらと長く、顔の下でぐるぐると幾重にも巻かれていた。それがレトロで可愛らしい。

久留米が、よぉ、とだけ短く返す。

「いらっしゃい。わざわざ寄ってくれたんですか」

サリームは笑顔で出迎える。マリにも数日前に引っ越しの連絡を入れておいた。車を出そうかと申し出てくれたのだが、大学の友人が手配してくれていたので気持ちだけありがたく受け取った。

小さな引っ越し祝いよ、とマリが苺《いちご》のパックをふたつ差し出す。

「ありがとうございます。とよのか……綺麗《きれい》ですね。この苺は宝石みたいです」

「うん、つやつや光っててさー。つい自分が食べたくて買っちゃったァ。なに、ピザ取るの？　あたし、マヨ味でポテト載ってるヤツがいいなァ」

やや重苦しい雰囲気だった部屋に、マリが華やいだ空気を持ち込む。マフラーを外して適当に丸め、メニューを覗《のぞ》き込んだ。

「やめてくれよ。なんでピザにイモを載っけなきゃなんないんだ。イモはイモで食った方が美味《うま》いだろうが」

久留米が反論する。

「だってポテトとチーズは合うじゃない」

「ピザの生地とは合わねーだろ」

「そんなことないわよッ。美味《おい》しいわよッ。ね、サリーム？」

「僕はどちらでもいいんですが……」

「おれはピザのイモと、酢豚のパイナップルは許せないんだよ」

「あたしは両方好きなのよ！」

こういうことに関しては、子供のように譲らないふたりである。そのまま子供の発想でじゃんけんで決着をつけることになり、あっさりとマリが勝った。

「ハハハッ。ついでにビール買ってきてよ。苺食べさせてやるからさっ」

ふてくされながらも腰を上げ、久留米は自動販売機までビールを調達に行く。その背中を見送りながらマリがにやにやしている。

「ね、サリーム知ってた？　あいつってばさ、じゃんけんでやたらとチョキを出す癖があンのよ」

そういえば、久留米からは魚住は必ずパーを出す、という話を聞いたことがある。バカだからな、いつまでたっても気がつかないんだ、と久留米は惚気《のろけ》るように笑っていたが、さらに一枚上手がいたわけだ。

「魚住がパーばっかり出すってのは、なんか納得できると同時に、痛々しい気もするわね。パーってさ、ぜーんぶ明け渡してる感じよね。犬が腹晒《さら》してるみたいに。……あの子、フラッシュバックが出たんだって？」

マリは久留米が置きっぱなしにしていった煙草を取り、勝手に火をつける。

「ええ。久留米さんも気にしてました」

「ヤだ。あいつ気にしてるんだ。あいつは気にしないスタンスが役回りなんだから、ほっときゃいいのに」

「自分の目の前で起きたことですから……そうも言っていられないんでしょうね。苺、洗いますか？」

「あたしは洗わない派なんだけど、洗いたかったらべつにそれでもいいわよ」

「いえ。僕も洗わない派です」

苺は洗うと水っぽくなって味が落ちる。それでも洗わないと安心して食べられないという人もいるのだが、サリームは平気だった。

「まぁねー。ラブラブだしねー、あいつら。けど、久留米がなにをどう頑張ったところで、役に立たないのもホントだし」

「でも、魚住さんの大きな支えにはなっているでしょう？」

マリはとよのかをひとつ摘《つま》んでちょっと考える顔をした。苺と口紅の色艶《いろつや》が似ている。

「そうね。支えならいいんだけど。その程度なら」

「程度問題なのでしょうか？」

「依存、になっちゃヤバイでしょ」

「ああ、そういう……でも、恋人同士というのは、依存し合う関係でもいいような気もしますが」

互いの存在なしでは生きていくことすら辛《つら》い……そこまで他者に深く入り込むのが恋愛という関係なのではないかとサリームは考える。自分と相手の境界が曖昧《あいまい》になるほどの至近距離は、一度ズレると刃傷沙汰《にんじょうざた》にもなり得るが、上手《うま》くいっていれば甘美なことこのうえない。もちろんそれは一種の幻想であり、時間と共に一体感は薄れ、関係は安定、または衰退していく。

「でもさー。魚住が久留米に依存して、なんかいいことある？」

「精神的に落ち着く……という可能性は……」

「それはどうかしらねぇ」

昨冬、さちの死によりぎりぎりまで追いつめられた魚住は『久留米が死んだらどうしよう』という強迫観念から、自分の手首を裂いた。もちろん久留米は事故に遭ったわけでも、病に倒れていたわけでもなく、勝手にその死を想定しての行動だった。

「……難しい、ですね」

血にも似た赤の果物を見つめながらサリームは頷《うなず》いた。口に入れると、苺の産毛が粘膜を微《かす》かに刺激する。

「逆もまずいと思うのよ。久留米が魚住に依存するのもよくない」

「それは、な……」

ないとは、限らない。

サリームは途中で口を噤《つぐ》む。

「そ。あり得るのよ。魚住みたいな男は、ものすごく危険なの。他人への影響力がやたらと大きいの。ずいぶん前にもこんな話したよね。魚住をまるごと許容し、つきあえるのは聖人君子か無神経。久留米にはぜひ後者のままでいてほしいのよあたしは」

でないと、とマリは続ける。

「共倒れってわけよ」

そう結んで、苺のヘタを口から出す。

指先が果汁とルージュで、薄い赤に染まっていた。

2

その日、午前の診察を終えた南雲は、遅い昼食を摂《と》っていた。

医師や看護婦が利用する病院内の食堂は、やはり診察時間が押した白衣姿で半分以上埋まっている。現場の緊張感から、束の間解放された医療従事者たちが、美味しいとは言いにくいランチをせわしなくかき込んでは飲み下す。

「南雲先生。いいですか、ここ」

まろやかな、と表現したくなる声に顔を上げると、心療内科の吉住《よしずみ》医師がトレイを手に立っていた。不惑を越えたばかりの女医なのだが、髪にはかなり白いものが交ざっていて、それが彼女を少し老けて見せている。

「ああ、はい。どうぞどうぞ」

南雲の許可を得た吉住は、にっこりと笑って隣に腰かけた。小柄な身体が、座るとますます小さくなった。

「たまには、どこかのレストランで優雅なランチでもしてみたいわねぇ」

そう苦笑はするものの、煮魚定食に向かっていただきます、と手を合わせる。

「そちらも、忙しいですか」

「ええ。もう歳だし、余裕を持って仕事したいのだけれど、なかなかそうはいきません。

修行が足りないわ、私も」

「なにを仰《おっしゃ》いますか」

老けているという印象は、吉住に関してはプラスに働いている。もの静かで穏やかだが、信頼に値する経験豊かな女医……そんな雰囲気があるのだ。事実、彼女は患者の立場になって考えることのできる優れた医師だった。

「吉住先生。来ましたか、あいつ」

「魚住さんですね。今朝、初めて診させてもらいました。驚きましたよ、私」

「変なヤツでしょう？」

「いいえ。変だとは思いませんよ。とても綺麗で、優しい人です。ただちょっと……頭が良過ぎる」

南雲は薄いほうじ茶を啜《すす》りながら、視線でその言葉の意味を吉住に求めた。

「今日は簡単な面談に留《とど》めましたが、彼は自分の状況をよく理解しているんですね。PTSDについて、かなり調べたのでしょう。ほかの神経症についての知識も相当持っていて、おまけに知識を持つことは自分にとってさほど役に立たないということも承知しています。専門は免疫だそうですね」

「ええ。有望株の研究者だそうです。ぼーっとしたヤツですが」

可愛い人でしたよ、と吉住は微笑む。そして僅《わず》かな間のあとで、眉《まゆ》をやや寄せてこう続けた。

「彼はちょっと独特な人で……分析力は卓越したものがあるのに、自分の感情を吐き出すのがとても下手です。無意識のうちに自分を客観視してしまうので、感情を解放させるのが難しい。自分のことなんだけど、他人のことのように考える癖がついている印象があるんです」

「ええ、わかります」

南雲は魚住の整った顔を思い浮かべた。

濱田から聞く話だと、私生活にはかなり無頓着《むとんちゃく》らしい。自己管理が疎《おろそ》かで、普通なら考えられないような理由……ブレーカーの存在を知らず電気が供給されないまま真冬を過ごしていた……で風邪をこじらせた話なども知っている。

バカ、というか子供、というか。

自分のことが他人事《ひとごと》なら、なるほど無頓着にもなるわけだ。

「発作時のためにローラゼパンを処方したんですが、彼はあまり薬に頼りたくなさそうでした」

「SSRIは認可されてないんでしたかね？」

米国で鬱病《うつびょう》やPTSDによく用いられる、副作用の少ない薬剤名を南雲は口にした。

「ええ。個人輸入で入手している人はいますが、まだ医師の処方はできないんですよ。来年には認可されそうですけどね」

「……うーん」

ざりざりと自分の顎《あご》をさすり、南雲が唸《うな》る。あの細い身体で重過ぎる過去を引きずりながら生きる魚住が、酷《ひど》く哀れに思えた。どうしても、さちのと重なってしまう。何度もリストカットを重ねる姪《めい》を叱っていた時、ぽつりと零《こぼ》れた言葉を、南雲は忘れられない。

――でも、先生があたしだったら、やっぱり同じことすると思うけどな。

なにも言い返せなかった。その通りだと思ったからだ。ＨＩＶに感染し、母親に捨てられ、学校では教師すらさちのを無視していた。そんな環境の中で、どうやって自分の命を大切に思えというのか。どんな目標を持てというのか。

どんな将来を夢見ろと？

――ますみといると、なんか楽チンなの。

さちのはそんなことも言っていた。

――ひとりだと、かなり頑張ってないと立ってるのがしんどい感じなんだけど、ますみといると、なんにも考えないで歩ける。いつまでも、お散歩していられる。意味のないお散歩だけど、なんか楽なの。

なにも考えないでいい、安穏としたひととき。それをさちのに与えられた唯一の存在が、魚住だった。

いまは、魚住自身がその安寧の時間を失いつつある。

「予断でものを言うのはどうかと思いますが」

しばらく黙って食事をしていた吉住が、箸《はし》をパチリと置いて南雲を見た。

「は。なんでしょうか」

「魚住さんは……あの青年は強いです」

「強い？　……私なんかには、鈍い感じがするんですが。鈍いから打たれ強い、というような意味ですか？」

「いいえ。もっと本質的なものです。これ、口で説明するの難しいんですねぇ……でも、彼、強いんじゃないかしら。私はその強さに期待しているんです」

「そうなんですかね。あんな派手にリストカットかましたヤツですよ？」

そうなんだけどねぇと吉住は目を細め自分のお茶を啜る。そしてもう一度、

「強い人だと思うんですよ」

と独り言のように呟《つぶや》いた。

ちょうど同じ頃、魚住は診察の会計を終えて処方薬受け取りの順番待ちをしていた。

待合いはホテルのロビー並みに広く、老若男女が行き交っている。走っていた子供が転んで、泣きながら母親を呼ぶ。母親はすぐに駆けつけ、きつい調子で子供を叱った。

苛《いら》つく気持ちは、魚住にもわかる。

大学病院の待ち時間は半端ではない。だが苛つくほどの気力が魚住にはなかった。昨晩もよく眠れていない。薬を受け取るための整理番号を手の中で遊ばせながら、ぼんやりと電光掲示板を見る。ここに番号が表示されたら薬を取りに行けるのだ。

——ローラゼパンっていうと、確かベンゾダイアゼピン系だったよな。眠くなる薬は困るんだよな、おれ……ただでさえ集中力落ち気味なのに、眠くなったりしたらなお悪いし……。

そうは思うのだが、実際フラッシュバックが襲ってきた時には服用するしかない。

あの恐怖感と真っ向から対決していては、神経がすり減ってしまう。それに、いざとなったら薬があると思えば、気分的にずいぶん違う。薬自体の効用よりも、魚住が期待しているのは『薬を持っている』という安心感だった。

初めてフラッシュバックが起きた日は、もう少しで救急車を呼ばれるところだった。言葉も出ないまま、必死に久留米を押し留め、回復を待ってマンションまで戻った。ある程度の自制は利いたわけである。久留米がいてくれたことが大きいのかもしれない。

その晩、久留米は泊まっていってくれた。

セックスはせず、ただ魚住を腕にすっぽりと収め、寝入るまで髪を撫《な》でていてくれた。そこまで優しい久留米は珍しいので、魚住のほうが面食らったほどだ。

面食らったが、嬉《うれ》しかった。

永遠にこのままだったらいいのに、と一瞬考えた。この男の腕以外に、世界など存在しなければいいのにとすら思った。

だが、魚住は知っている。嫌というほど知っている。

この世界が、本当はどれだけ残酷にもなり得るものなのかを。

「魚住くん？　きみ、なにしてんの？」

やけに耳に馴染《なじ》んだ声に振り向くと、濱田が大荷物を抱えて立っていた。ボストンバッグに、紙袋がふたつ。

そこから覗《のぞ》いているのは可愛らしい花柄の布地……タオル、だろうか。

「あ。心療内科の。診察で」

「ああそうか。南雲先輩が紹介してくれたんだっけ。じゃあ今日の午前中は僕もきみも不在だったんだな研究室……ま、教授はいるから問題ないだろうけど」

濱田が歩くとガサガサと紙袋が歌う。足もとに荷物をまとめて、フーと息を吐きながら隣に座った。

いつでも余裕ある大人の雰囲気が売りの濱田が、疲れた顔をしていた。顎のあたりが翳《かげ》っている。今朝は髭《ひげ》を剃《そ》っていないようだ。

「で。どうだった？」

「はあ。薬、もらいました」

「そう。ちゃんと忘れないで飲まなきゃだめだぞ」

「濱田さん、入院でもするんですか？」

「いや、これは、母親のなんだ」

ひと呼吸おいて、

「癌でね」

と付け足す。

「あ、そうだったんだ」

「そうだったんだよ」

魚住も濱田も、普段通りのトーンで言葉を交わした。

くすっ、と濱田が吐息程度に笑う。

「濱田さん？」

「いや。きみはいいね。きみみたいな人は、時にとてもありがたい。さちのちゃんという子が、きみに懐いたのがちょっとわかる」

濱田らしからぬ抽象的な言いまわしは、魚住にはなんのことだかわからない。

「久留米にも、わりと懐いてたみたいです」

「うん。それもわかる。……ほら、新しい番号出たよ？」

指摘され、魚住は慌てて電光掲示板を見上げた。自分の番号が光っている。

立ち上がりながら聞く。

「おれ、濱田さんのお母さんに会えます？」

「え？　なんで？」

「えっと。挨拶《あいさつ》。とか」

とか、は変だっただろうか。濱田が可笑《おか》しそうに「いいよ」と答える。

「面会謝絶じゃないからね。母は喜ぶと思うし。でも、気を遣わなくていいんだよ？」

「気？　遣ってませんけど」

「……そうだった。きみはそういうタイプじゃない」

濱田は微笑んで言ったが、そういうタイプというのが、どういうタイプなのか魚住にはわからない。とにかく、なんとなく、せっかくなので、濱田という人を産んだ人に会ってみたいと思ったのだ。

「ほら。薬取っておいで」

「あ、はい」

しばらくして戻ってきた魚住は荷物をひとつ手伝い、ふたりは入院棟へと向かった。


「癌なのか、濱田さんのお袋さん」

その夜魚住がマンションに戻ると、合い鍵《かぎ》を持っている久留米が勝手に寛《くつろ》いでいた。風呂《ふろ》に入った後らしく、部屋着姿で髪も濡《ぬ》れている。

「うん。でも不死身なんだって」

「不死身？」

「自分で言って、コロコロ笑ってた。明るい人だったよ。おれのお母さんが歳を取ったらあんな感じだったのかな……。六十一だって」

お母さん、といってももちろん産みの母ではなく、養子先の母だ。すでに交通事故で他界した彼女は、空気を目一杯詰め込んだボールが弾むように笑う人だった。

「癌っていっても、初期なんだろ?」

「いや。かなり進行してるみたい。自宅で様子を見てたんだけど、また転移したんで再入院したって。あらこち癌だらけで……こんなに元気なのが嘘みたいだって。だから、不死身」

「ああ、そういう意味か……」

久留米がビールならぬ野菜ジュースを飲みながら呟く。休肝日なのだそうだ。濡れた髪はまだブラシも入らずグシャグシャのままだが、なぜかそれすら格好よく見えてしまい、魚住はアバタもナントカという諺《ことわざ》を思い出す。

最近、久留米は頻繁にやってくる。

久留米は現在会社の寮にいて、寮と会社はとても近い。つまり、魚住のマンションが『会社に近くて便利だから』来ているわけではない。さすがにそれくらいは理解している魚住である。

心配、らしい。今日やってきたのも、午前中に魚住が病院に行ったことを知っているからだろう。だが診察結果を聞いてはこない。

関係ない話ばかりして、そばにいる。

煙草に火をつけた久留米の背中に、魚住は自分の背中を合わせて寄りかかる。温かかった。このぬくもりに自分のすべてを預けてしまえたら、どんなに楽だろう。

「もしかして濱田さん、お母さんが病気だから留学しないのかなァ」

「あの人、留学の話があるのか？」

「うん。結構前からあったんだ。でも日本から動く気はないみたいで。だからおれのとこにお鉢が回ってきたのかも」

久留米の背筋が、僅《わず》かに動いた。

「おまえに、留学話？」

「あ。うん。こないだ教授に言われた」

「どこに」

「アメリカ」

「アメリカの？」

「えーと。田舎のほうだよ。ヒューストン」

「NASAがロケットぶっ飛ばすとこか？」

「そうそう」

「へぇ」

久留米はそれきり黙った。

立ち上る煙を目で追いながら、魚住はいまさらながら気がつく。留学したら、久留米とも離ればなれになるのだ。久留米だけではない。マリや、サリームや……と指折り数える必要もなく、つまり全員と別れることになるのだ。自分だけが異国に移るのだから。久留米がそばにいない。その状況は、いまひとつ想像がつかなかった。

こんな関係になる以前だったら、どうということもなかったかもしれない。久留米という存在が遠くなったところで、魚住の生活に特別な支障はなかっただろう。あるいは、あったとしても、それを魚住が自覚することはなかったはずだ。

いまとなっては、そうもいかない。

久留米は魚住にとって、問答無用で大きな存在になっているのだ。

かといって、久留米がなにをしてくれるというわけではない。おそらく、なにか相談するならマリのほうが的確なアドバイスをくれるし、腹が減ったらサリームに頼ったほうが美味《おい》しいものにありつけるだろう。研究に関することなら濱田や教授に聞くし、誰もが知っていて自分は知らない些細《ささい》なことなら伊東が親切に解説してくれる。コンビニのオニギリの剝《む》き方だとか。

久留米でなければならないのは、まあ、セックスくらいなものだ。

あの行為がこうも身体と気持ちをかき乱し、蕩《とろ》けさせるものだと魚住に教えたのは、久留米である。それは時に麻薬めいて、ことの最中、魚住にとんでもないセリフを口走らせたりもする。

あとは、目には見えないもの。

それがなんなのか、魚住にもよくわからない。久留米といる時にだけ、魚住が味わえるもの。自分が世界にフィットしている感覚、とでも言おうか。子供の頃からずっと感じていた疎外感を久留米は拭《ぬぐ》ってくれる。

普通に、生きていていい。

ここにいていい。

ここは間違いなく、自分の居場所だ。そんな安心感。

それを久留米は与えてくれる。

「おれ……アメリカ行っても平気かなぁ……」

「…………」

「おまえがいなくても、やってけんのかなぁ……」

「知るかそんなこと。自分で考えろ」

けんもほろろの返答である。

だが正しい。自分で考えるしかないのだ。自分の人生なのだから。

久留米と魚住は、別の人間なのだから。

温かな背中。伝わる鼓動。どれくらいの期間になるのかわからないが、留学ともなれば当分触れられなくなるのだ。

硬い腕に抱かれて眠ることも。

煙草の味のキスも。

ひとつに溶け合うあの感覚も。

「う、わっ」

ぼんやりしていたら、突然引き倒された。背中を床にぶつけるかと思ったが、久留米が上手《うま》く腕を差し入れていて、身体はどこも痛まない。

いつのまにか煙草を吸い終えていた久留米が、魚住を組み敷いて見下ろしている。その視線がなにか言いたげだったが、黙ったまま顔を寄せてきた。

「ん、……」

最初から深い口づけになった。

ケンカめいているほど、激しく絡みつく舌。最初は戸惑った魚住も、徐々に応《こた》えていく。濡れ髪に指を突っ込んで、より深く合わさる角度に調節する。久留米の口の中はたいてい苦い。煙草の味、ビールの味。だが今日は野菜ジュースを強く感じた。ベースはリンゴとニンジンだ。

首筋に落ちた指が、さらに下がって魚住のシャツのボタンを外していく。片手しか使っていない。器用だよなぁ、といつも感心する。魚住は自分のボタンすら、両手を使わないと外せない。素肌の胸を辿《たど》られるのが擽《くすぐ》ったくて、身を捩《よじ》るが、その手から逃れはしない。擽ったさはすぐにせつない性感に変換されていく。魚住の皮膚はすでに久留米の指を覚えていて、この指になら乱されてもいいのだと判断する。

「……ふ……っ……」

尖《とが》った胸の粒を指の腹で撫《な》でられると、どうしても喘《あえ》いでしまう。久留米はここを噛《か》むのも好きで、魚住もその刺激を痛みではなく受け取れるようになっていたが、いまは優しい悪戯《いたずら》が続くだけだ。それがもどかしくて、緩く首を振る。

長いキスが終わり、くちびるが離れた。

ふたりとも息が上がっていた。久留米はゆっくりと魚住の頬を撫で、耳に口づけた。散り際の花にでも触れるかのように、そっと舌を這《は》わせる。同時に下肢に手がかかる。

煌々《こうこう》と明かりの点《とも》る居間。

乱されていく着衣に、魚住はいまさらの羞恥《しゅうち》を感じて訴える。

「久留米。おれ、風呂《ふろ》まだ……」

「いい」

「じゃ、ベッドに行……あっ」

「ここでいい」

「……せ……背中が痛いんだよ」

「わかった。痛くなきゃいいんだな？」

魚住の上半身を引き起こし、抱きかかえて向きを変えさせる。ソファに縋《すが》らせるようにして背中を向けさせ、ボトムを下げる。

「えっ。あ、あの、久留米、電気」

「電気がどうした」

「け、消さないの？」

「消したら見えねぇ」

なにが、とは聞けないまま魚住は息を呑《の》む。手のひらで、確認するように尻《しり》の膨らみをさすられ、シャツをたくし上げられた。半端な格好がかえって恥ずかしく、魚住は自分でシャツを脱ぐ。それでもボトムは膝《ひざ》から下がまだ抜けていないので、中途半端には変わりない。ここまで明るい場所で、こういう状況になだれ込むのは初めてだった。

「いつ見ても痩《や》せてんな、おまえ」

浮き出た肩胛骨《けんこうこつ》に口づけられる。

直後、甘噛みされた。

「ア！」

背中は、魚住の弱点だった。見えないぶん、どこに愛撫《あいぶ》が落ちるかわからなくて、不安と快感がない交ぜになる。ひくひくと肩が震えてしまう。

縋れるものを探した指が、クッションを摑《つか》んだ。本当は久留米を抱きしめたかったが、後ろから愛されている時には無理である。

久留米はいま、どんな顔をしているのだろう。

ふとそんなことが気になる。

「……っ……」

けれどその余裕もほどなく失われ、柔らか過ぎて頼りない布地に指を食い込ませながら、魚住は身体を緊張させた。背中を訪れる指や舌や歯が、硬くなった筋肉を説得するように解《ほぐ》し、やがて腰の力までが抜けていく。崩れそうになった下半身は久留米によってしっかり支えられ、脚の間を探られて呼吸が上擦った。

煙草の煙を換気するため、居間の窓は薄く開けてある。

マンションというのは閉め切っていれば機密性は高い。だが、僅《わず》かな隙間があれば、そこから声が漏れ出てしまうかもしれない。

魚住はしばらくくちびるを噛んで耐えていたが、それはそう長くは続かなかった。

翌日、怠《だる》い腰を宥《なだ》めながら、魚住は研究室に午後九時過ぎまで居残っていた。最後の戸締まりを確認して大学を出、マンションに戻ったのが十時過ぎ。昨晩は久留米の隣で安眠できたので、疲労感はさほどない。今夜もちゃんと眠れるといいなと思いながらシャワーを浴びた。

昼に食事をしたきり、胃にコーヒーしか入れていないのを思い出す。

寝る前に軽く食べようかと冷蔵庫を開けた時だった。

遠くから聞こえてくる、救急車のサイレン。

深夜の空気を震わせ、掻《か》き乱す、唸《うな》り。

それがトリガーになった。

意識しないようにと思いつつ、内心ではずっと恐れていた発作が、魚住に牙《きば》を剝《む》く。

いままでだって、救急車とかちあうことはあったはずだ。その時はなんともなかった。

けれど前回のフラッシュバックが起因となって、今度はサイレン音にパニックが引き起こされてしまった。

ばん！　ばん！　ばん！

叩《たた》きつける勢いで心臓が喚《わめ》く。耳鳴りが始まって、サイレンの音は掻き消される。立っていられなくて、冷蔵庫の前に膝をついた。

「う……」

落ち着け。

落ち着け。

息を吸い過ぎるな、過呼吸になる。

僅かに残る冷静な意識が、必死に身体の暴走を止めようとする。

だが心臓はなにかに追いかけられているかのような勢いで走り続ける。

薬。

薬を飲まなくては。

けれど身体が上手く動かない。部屋の暖房はちょうどよい設定になっているのに、凍えるような寒気が走る。

「く、……め──」

無意識のうちに、その名を呼んでいた。昨日の夜にはいた男だが、いまはいない。そんなことはわかっているのに、呼んでいた。まるでその名前が自分を楽にしてくれるおまじないであるかのように、呼んだ。

どうしよう。

どうしたらいい。

怖くて、たまらないのだ。

血がどんどん下がる。額が冷たくなる。目の前がチカチカしてものがよく見えない。

「……は、あ……」

突然パニックに襲われた時のために、ズボンのポケットに何錠かの薬を入れていたのを思い出す。震える指で探り、シートを破り、なんとか口に放り込む。ガリガリと齧《かじ》った。胃には悪いが、効きは早くなるはずだ。

嚥下《えんげ》し、床の上に横倒れになる。

今度は窒息感に襲われ、シャツの胸を掴んだまま仰向《あおむ》けになった。

苦しい。

喉《のど》に空気が上手く入ってくれない。

「――ふっ……ふ……」

死にはしない。この発作で死ぬことはないのだから、大丈夫だ。

そう心の中で唱える。

死ぬのが怖いと思っている自分を初めて知る。いや、苦しんで死ぬのが怖いだけなのか。そのへんはよくわからない。いまはとても考えられない。

あの子もこんなふうに。

いやあの子はもっと苦しかっただろう。こんなものではなかっただろう。

寒い。動けない。

冷蔵庫を閉めることすらできない。冷気と一緒に漏れ出す明かりが、右目だけにかかって眩《まぶ》しい。こめかみを涙が伝うのがわかる。その道筋だけが束の間温かく、そしてすぐに冷えてしまう。

薬が効いて、身体を動かせるようになるまで、魚住は冷たい床の上で死体のように転がっていた。

3

東京に気まぐれのような雪が降ったのは、二度目の発作が起きてからさらに数日が経った朝だった。

たまたま徹夜でレポートを仕上げていた魚住は、明けゆく空に頼りなく漂う雪を見ることができた。十二月の半ばである。今年はすごく寒くなるのかな、などと思う。雪は少しも積もることなく、路面に落ちてはただ消えていった。

二時間ほど仮眠して、自分の大学ではなく東研《とうけん》大付属病院に向かう。

三度目の発作はまだこない。魚住は快速電車に乗れなくなっていた。もし発作が起きたらと考えると、閉鎖空間にいるのが不安なのだ。この予備恐怖がもっと酷《ひど》くなれば、各駅停車の電車にすら乗れなくなる。パニック発作の厄介なところだ。『恐怖に恐怖する』という悪循環に嵌《はま》ったら、抜け出すのは難しい。

今日は南雲と約束しているクリスマス会の日だった。子供たちが天使を待っている。

二回目ともなれば、そこそこ慣れもしたが、やはり子供たちに強奪されんばかりにプレゼントをひったくられ、作り物の羽根を指摘されてニセモンだぁ、と糾弾された。それでも嬉《うれ》しそうに纏《まと》わりつく小さな病人たちと、他愛のない遊びをして時間を過ごす。

去年いた子もいる。新しい子もいる。

おそらくは亡くなってしまった子供もいるのだろう。

――どうして、にんげんはしぬの？

魚住にそう尋ねた女の子はどうしただろうか。見あたらない。よくなって退院したのだと信じたい。信じるならば南雲に聞けばいいのに、それができない。

「お疲れさん。あとはこっちでやっとくから、おまえはもういいぞ。衣装と羽根は俺の研究室に戻しといてくれ。……いてて、髭《ひげ》は本物だから引っ張るなっつーの！　このワルガキめ！」

蟻にたかられた飴《あめ》のように、子供まみれになっている南雲にそう言われる。もっとこき使われるかと思っていたのだが、どうやら自分はあまり顔色がよくないらしい。素直に従うことにした。

しょいこになっている羽根は長時間つけていると、それなりに重い。だが外しても結局持たなければならないので、そのままの格好で渡り廊下を歩く。すれ違う患者たちが、驚いた視線を魚住に向ける。

それはそうだろう。天使が病院を闊歩《かっぽ》しているのは、かなり珍しい。

「まあ。まあまあ、天使だわ」

嬉しそうな声の方向に顔を向けると、車椅子で移動中の濱田の母だった。

「あ。こんにちは……」

「魚住くん、天使だったのねぇ」

「はあ。天使です」

どうやら検査が終わったところのようだ。付き添っている若い看護婦はぽうっとした顔で魚住を眺めている。

「病室に戻るんですか？　おれ、押していきましょうか」

「あら、天使に連れていってもらえるなんて素敵！」

たまたま通りがかった小児科の看護婦が、魚住がいままでクリスマス会に出ていてくれたのだと説明してくれる。濱田の母についていた看護婦も納得した。

「じゃあ、お願いします。濱田さん、少し休んだらリハビリですから、忘れないでくださいね」

看護婦にペコリと頭を下げ、魚住は車椅子を押し始めた。天使の羽根が空気抵抗を受け、ふわりと揺れる。

すれ違う老人が「おや、お迎えが来たのかと思ったよ」と笑う。点滴を引きずったままの中学生くらいの女の子は、横目だけで見て鼻で笑う。

渡り廊下を抜け、エレベーターに乗った。

「ふふ。みんな見てたわね」

「はい。南雲先生はサンタだったんです」

「ああ、広見《ひろみ》の先輩の方ね。熊さんみたいな」

「そうそう」

広見、というのは濱田の名前である。魚住は最初聞いた時、誰だっけと思った。濱田家では子供にみな「広」という字がつくのだそうだ。

「あの子、兄弟の真ン中でね。妙に気を遣う性格になっちゃって。上の顔色を見て、下の世話を焼いて。あたしは若い頃から病気がちで、なんだか迷惑ばっかりかけてるわ」

「そうなんですか。だから濱田さんって、面倒見がいいんだ……」

病室に天使と共に戻ってきた濱田の母は、同室の患者たちに驚かれてご満悦だった。この間は見逃していたが、ベッドの名札には濱田嘉子《よしこ》とある。

ベッドに移る時に支えた嘉子の身体は、小柄だとしてもあまりに軽かった。驚いたことを悟られないよう、魚住は顔色も変えなかったはずなのに、彼女は敏感に気がつく。

「やせっぽちでしょう？　やれやれ、すっかり足も弱くなっちゃって。秋の初めにね、別の病院で手術をして、しばらく寝たきりだったの。動かさないと筋肉ってどんどんなくなっちゃうのよ。あ、そこにパイプ椅子があるから、座ってちょうだい」

ショートカットにしてある白髪は、六十代にしてはかなり薄い。抗ガン剤の副作用だろう。それでも嘉子はその少ない髪を綺麗《きれい》に撫《な》でつけていた。

着ているパジャマも品のいい花柄だ。誰が選んだのか、薄い紫とピンクは、嘉子が健康だったならもっと似合っていたはずである。しかし現実には度重なる病が、彼女を実年齢より十は老けさせている。深い皺《しわ》を刻む顔色はお世辞にもいいとは言えない。

「天使さんは、どこか悪いの？　この間、外来で広見と会ったって言ってたけど」

それでも、嘉子は笑顔を絶やさない。

「あ。ええ、心療内科です」

「ストレス？　広見が苛《いじ》めてるのかしら」

「そんなことないです。原因は別にあって……まあ、いろいろと。そのへん思い出すと、心臓が勝手に駆けだして息苦しくなるんです。パニック発作って言うんですけどね」

「なんだか、サラリと言ってるけど、それって大変なんじゃないの？　発作って苦しいんでしょう？」

背中から外した羽根を膝《ひざ》の上に置き、弄《いじ》くりながら魚住が答える。

「はあ。苦しいですね」

「息が上手《うま》くできない感じ？」

「そうです」

「それ、あたしと一緒かしらねぇ。窒息してしまいそうな？」

「うんうん。お母さんも？」

「そうなのよー。前の入院先でね。なんだか呼吸が苦しくなってね。でもたいしたことないからって、ナースコールしないでいたのよ。そしたら、だんだんひどくなってきて。深呼吸しても全然だめなの。もう、苦しくて死んでしまうんじゃないかって。そのうちに、今度は手足が痺《しび》れてきて」

「あ。過呼吸だ。二酸化炭素が足りなくなっちゃうんですよ」

「そうなんですってね。深呼吸しているうちに落ち着いて。びっくりしたわ」

嘉子は笑ってつけ足す。

「本当に死ぬのかと思った」

ギクリとした。

魚住も思った。発作の間、苦しみながら、これは本当に死ぬんじゃないだろうか、と。

だがそれは嘉子の感じた恐怖とは違う。根本的に違う。

魚住は肉体的にはほぼ健康である。死んでしまいそうに苦しいのは真実だが、パニック発作そのもので死ぬことはない。それは動かぬ大前提だ。

嘉子は、魚住とは違う。

濱田の言葉を思い出す。

――実際、いつ逝っても不思議じゃないんだよ。身体を開ければ、内臓はもうボロボロなんだ。

嘉子の死は、魚住の死より、遥《はる》かに現実《リアル》なのだ。

魚住がいままで体験してきたのは、あくまでも他者の死だった。自分の手首を搔《か》き切った時も、それは「死」よりも「逃避」が目的だった。現在も発作に苦しんではいるが、決して『死に至る病』ではない。

魚住も含め、人はみないつかは死ぬ。

誰ひとり逃げられない。

養子先の家族や、さちののように突然の事故で亡くなる人もいる。自分で死を選ぶ人もいる。おそらく、それよりもっと多い数の人たちが「病死」という形をとって死んでいく。

――もう、治ることはないんだ。あとは、いつ、逝くか。なるべく楽な形で、逝かせてやりたい……。

嘉子にとって、死はまさしく目の前にぶらさがっている現実なのである。

「本当に、あの発作は嫌なものねぇ」

嘉子はまだ笑っている。皺だらけの顔を、さらにくしゃくしゃにして。

「ああ、そうだ。あたしが別の患者さんから教わったいい呼吸法があるのよ。これをするとね、楽になるの。ホントよ？　教えてあげる。さあ、手を貸して天使さん」

魚住が男にしては細い手を差し出す。それを取った嘉子の手は、もっと細い。骨の形がくっきりと観察できる。手の甲には、点滴の痕《あと》が痣《あざ》になって浮いていた。

けれど、思いがけず、温かかった。

「いけないわね。天使の手だっていうのに、こんなおばあちゃんより冷たいじゃないの」

そう笑った嘉子は、魚住の手を優しくさすってくれた。

『ブルークロス』は、ちょうど客の切れ目だったらしい。カウンターだけの、小さなバーである。狭い店内は久留米と三鷹明良《みたかあきら》の貸《かし》し切り状態だ。着いてすぐに、流行《はや》ってないのか、と半ば冗談、半ば心配で久留米は訊《き》ねた。バーテンダーの文月《ふづき》はまったりとした笑顔で「うちは深夜からが本番」と答えた。

「あの。久留米さん、機嫌、悪いですか？」

遠慮がちな三鷹の声に、久留米はやっと自分が険しい顔をしていることに気がつく。

「すまん。怖い顔になってたか？」

「いいえ。そんなに怖くは。でもちょっと。いや、かなり？」

三鷹の視線が文月に移る。歯に衣着《きぬき》せぬバーテンダーは、「相当怖い顔ですよ久留米さん。可愛い人が浮気でもしましたか？」

などと言いだす。

三鷹は複雑な表情を見せた。久留米の恋人である魚住は、三鷹の片想いの相手でもあったのだ。久留米はそれを知らないまま、三鷹に早くアクションを起こせとけしかけ、相手が魚住だとわかるといきなり「ちょっと待った」と手のひらを返した。三鷹も久留米と魚住の繋《つな》がりは予想もしていなかったはずだ。たいそうやりきれない想いをしただろうが、それでも久留米との友好関係は続いている。

「そんなんじゃねーよ」

煙草の灰を落とす仕草も怠《だる》そうに、久留米が文月に返す。三鷹は久留米よりさらに大きな身体をやや猫背にして聞いた。

「魚住さんは……お元気ですか？」

久留米は全然、と即答する。

「全然元気じゃない」

「え、どこか身体の具合でも？」

「身体っつーか……。まあ、ストレスってやつかな」

三鷹は魚住の不幸三昧《ざんまい》な人生を知らない。孤児だった身の上も、家族の事故死も、さちのという少女についてもだ。久留米もあえて話はしない。魚住にしても、肴《さかな》にされるのは心外だろう。だいたい久留米は、湿っぽい不幸話など嫌いである。

ただし三鷹も、魚住の両手首に巻いた包帯は見ている。でかい図体に似合わず繊細な性格の男であるから、うすうすは魚住特有の危うさに勘づいているはずだ。

「ちゃんと……ご飯、食べてるかな……」

三鷹らしい心配の仕方だ。久留米はプカリと煙を吐き、わざとぞんざいに答える。

「食ってねぇだろーなぁ」

「研究、忙しいのかな。ちゃんと、睡眠とってるのかな……」

「ろくろく眠れてねーかもなぁ」

「魚住さん、デリケートだから……」

「ニブくてトロいかと思うと、いきなりぶっ壊れやがんだ。どーしようもねえ」

三鷹がとうとう口を尖《とが》らせて反論した。

「久留米さん、怒りますよ。自分の恋人なのにそんな投げやりなのって、酷《ひど》いですよ。いらないいんなら、いつでもおれがもらいますからっ」

「いらねーなんて言ってないだろが」

落ちてきた前髪を雑に掻き上げて久留米が三鷹を見る。薄暗い店の中、近くで見た久留米の顔もまた、疲れていることに三鷹は気づいただろう。目の下には薄い隈《くま》ができているし、くちびるも荒れて酒が染みる。

「……ヤツが自分で離れてかない限りは、誰にも譲る気はねえよ」

口を挟まずにいた文月が、グラスを磨きながらひょいと眉《まゆ》を上げる。滅多にこんなセリフを口にしない久留米である。しかも冗談の口調ではない。

「久留米さん。少し、ハイペース過ぎやしませんか？」

文月の言葉に、そうか？　と久留米はボトルを持ち上げる。照明に透けた瓶の中身がずいぶん減っていた。

「うわ。久留米さん、おれが着く前にかなり飲んでたんですね？」

久留米はアルコールを摂取しても、顔にほとんど出ないので、今更ながら三鷹が驚いている。

「今日は最初からダブルでいってるんだよ、久留米さん。潰《つぶ》れたらおまえが背負ってってあげなさいよ」

元同級生に向かって文月が命令した。

「バカ言ってないで、チェイサー出してあげてくれよ」

確かに三鷹ならば久留米をなんとか背負えるだろうが、お互いにちっとも楽しくはないだろう。久留米は酩酊《めいてい》を振り払うように、軽く頭を振った。

「あー。ちくしょ、歳かなー。弱くなったぜ最近」

「なんか、あったんですか。魚住さんに」

「ん？　あったというか、あり続けたというか……おれにもよくわからん」

そう苦笑して文月の渡す水を一気に飲み、久留米は続けた。

「わかりようもないし、わかんなくてもいいと思ってたし……でもな、わかったほうがいいのかなんてたまーに、考えたりな。でも考えてもわかんねぇ」

三鷹がきょとんとした顔を見せている。久留米がなにを言いたいのか、さっぱりわからないのだろう。久留米自身にもわからないのだから、無理はない。

「あー。そーだ。三鷹、おまえ、あいつに会いたいなら早めに会っとけよ。メシでも誘え。もしかしたら、アメリカに行っちまうかもしんないぞあいつ」

「ええっ。それって、留学ですかっ」

「そうそう」

「い、いつから？」

「さー。まだ決まってねぇんじゃないの？」

「な、なんでそんな大切なこと、ちゃんと聞かないんですか久留米さんっ」

久留米がそーだなー、といいかげんな相槌《あいづち》を打ちながら、新しい煙草に火をつけようとライターを出した。

だが、手を滑らせて落としてしまう。

「おっと。ちっ、年寄りかおれは」

スツールから下りて、一〇五円ライターを拾うために屈《かが》む。少しよろけて、三鷹が慌てて支えた。

「危ないですよ」

「すまんすまん」

「ほどほどにしときましょうよ、久留米さん。明日《あした》も会社なんですから。お互いに」

座り直してまた水割りを作り始めた久留米に、三鷹が大人な提案をよこしたが、

「ばかやろー。明日も会社だからこうしてやさぐれて飲んでんだよおれは。ったく、西村《にしむら》のやろー、人を目の敵にしやがって……」

とグラスに氷を入れる。

「西村って誰です？」

「同僚。性格が合わねんだよ。あれはきっとA型の蠍座《さそりざ》だな」

文月が笑いながら、

「久留米さん、るみちゃんみたいな分析しますねぇ」

と言う。確かに血液型と星座でなにもかも決めてしまおうとするのは女性のよく採用する方法である。

「便利だからな。いろいろ考えなくてすむだろ。あー、きっと、相性が悪いんだなー、諦《あきら》めよー、ってさ」

「なんか今日の久留米さん、ネガティヴですよ。どうしたんですか」

三鷹の心配げな声を、久留米は笑う。どうもしねぇよ、とあらためてライターを擦《こす》る。そうは言うものの、自分でもいい酔い方をしていない自覚はあった。この自覚がなくならないうちに家に帰ったほうがいいだろう。

「魚住さん、心配だなぁ……今度大学に寄ってみようかなぁ……」

隣で三鷹が呟《つぶや》いている。久留米は黙って煙草をふかした。今日はずいぶん吸っている気がする。なるほどこれをニコチン依存と言うのかと自分で思う。

わかっている。魚住のことは、魚住にしか解決できない。

PTSD。立派な病気である。医者の領分だ。久留米には手も足も出ない。久留米がなにを考えても無駄なのだ。魚住の過去はもう変えようがなく、記憶を消すわけにもいかない。魚住は死にかけて、だがまた生きようとして、生きて、そして苦しみからいまだ解放されていない。

濁流の川に住む、小さな魚のようなものかもしれない。

魚は、深く沈めば激しい流れには曝《さら》されずにすむ。だから深く深く、潜っていた。久留米はその美しい魚を手に取りたかった。触れたかった。魚の事情など顧みず、浮かび上がらせたのだ。

もちろん魚自身もそれを望んだはずだし、久留米だけがしたことでもない。多くの人がある意味無遠慮に水底を掻《か》き回し、眠る魚に浮力を与えたのだ。

やっと浮かんだ美しい魚を、久留米はその手に掬《すく》い取った。

薄い色に光る鱗《うろこ》に口づけ、愛《いつく》しみ、共に眠る。魚は幸福そうに見え、そんな魚を見ることは久留米の幸福でもあった。自分の願いが他者の幸福だということに気づき、久留米は少し驚いた。そんなふうに誰かを想ったのは初めてだったからだ。

けれど永遠に手の中に収めていることはできない。

魚は、夜が明ければ川に還《かえ》るのだ。

激しくうねる水。

沈めなくなった魚は、流れにもみくちゃにされる。石に擦られ、背鰭《せびれ》も尾鰭もずたずたになり、鱗は剝《は》がれ、声のない悲鳴を上げる。

久留米はそれを、ただ眺めていることしかできない。そこは魚住の川だから、その流れを変えることは久留米にはできない。

なにも、できない。

短くなった煙草を灰皿に押しつけると、フィルターに赤いものがついている。ひび割れたくちびるから血が滲《にじ》んでいたが、酔いが回っていて痛みは感じなかった。傷があるのに痛くないことは、幸福なのだろうか。久留米にはわからなかった。

4

「魚住さん、これ見てくれま……なに食べてんですか？」

振り向いた美貌《びぼう》の院生は、モゴモゴと口を動かしていた。左手でそれを持ち、右手で端末のマウスを操作していたらしい。

ごくん、と飲み込んだ後、律儀に返事をする。

「……バナナ」

「いや、バナナなのはわかります。微妙にカーブした黄色い果物。それはもう、バナナ以外のなにものでもありません」

「うん。エクアドルバナナ……って書いてある」

「生産地の問題ではなく……いま十一時だし。おやつの時間じゃないし」

日野研究室では仕事をしながらものを食べる行為をよしとしない。作業内容によってはお茶やコーヒーくらいは許されているが、バナナはちょっと目立ち過ぎる。だからこそ魚住もモニターに向かって隠れるように食べていたのだろう。

「うん……ごめん」

伏し目がちになり、謝った。その睫毛《まつげ》の長さに伊東はいまだに慣れなくて、何度でも見蕩《みと》れてしまう。

「いや、いいんですけど」

そうもシュンとされてしまうと、伊東のほうがまごついてしまう。先輩を注意してしまったおこがましさより、悪気のない子供を苛《いじ》めてしまった気分が勝る。魚住は半分まで食べたバナナを、どうしよう、という顔で見つめている。バナナとテレパシーで会話していそうな雰囲気だった。

「あの、食べちゃってください。いまなら学部生もいないし。ホント、いいですから。ええと、その、べつに、怒ったんじゃなくて。ちょっとビックリしただけです。……買ってきたんですか、それ？」

「いや。もらった」

「濱田さんに？」

「ううん。千佳《ちか》さん」

千佳さん、というのはこの研究室で教授の秘書をしている女性である。三十代半ばの笑顔の可愛い人だ。

「朝ごはん食べましたか、って言われて。イイエって答えたら、くれた」

「はあ。そうっスか。そういえばこないだ、魚住さんが最近また痩《や》せた気がするって言ってましたっけ」

濱田や千佳は、よく魚住に食べ物を与えている。かつては響子も同様だった。その気持ちは伊東もわかる気がする。

魚住は周囲の人間の餌《え》づけ願望を刺激する存在なのだ。べつに空腹を訴えてくるわけでもないのだが、手の上に食べ物を載せるとトテテと寄ってきそうなのだ。事実、かなりの確率で寄ってくる。

「濱田さん、今日はまだ来てないんだよ」

あぐ、と最後のバナナを口に入れて魚住は言った。結構大きなひと口だった。

「え、遅いですね。珍しいなぁ」

「そうだね。むぐ」

残った皮をベロンベロン揺らして遊ぶので、伊東はつい「捨てますから」と手を出してしまう。ハイ、と当然のような顔で黄色い皮を伊東に預け、魚住は白衣で指先を拭《ふ》く。

「で、なに？」

「あ。ノックアウトマウスの表現型まとめたんですけど。チェックしてもらえますか」

「ん」

プリントアウトを受け取り、魚住はそれを目で読み始めた。バナナの皮を持ったままの伊東は近くにあった屑《くず》かごにそれを捨てようとしたが、

「それ、生ゴミ」

と魚住に指摘され、研究室の隅にある専用のダストボックスまで歩く羽目になった。自分のゴミでもないというのに。

「IKKが……ケホ。抜けてる。IkB キナーゼ欠損」

戻った時には、魚住は早くもプリントに目を通し終え、伊東が見落としていた部分を拾い上げていた。

「あ、そうか」

茫洋《ぼうよう》とした雰囲気は変わらない魚住だが、研究者としての眼力は冴《さ》える一方だ。

伊東は以前「やっぱああいうのは、天才肌ってんですかねー。研究に関しては苦労してるふうには見えないし」などと濱田に愚痴って、いささか叱られたことがある。わかってないと呆《あき》れられもした。魚住が人の何倍の時間を実験に費やし、人の何倍の文献に目を通し、人の何倍のレポートを書いているのかを、全然わかっていないと。

その指摘の後、伊東は魚住を注意深く見守るようになった。

濱田の言う通りだった。魚住は酒も遊びも合コンもしない。それらすべてのエネルギーを研究に向けている。おそらく魚住にとって、例の仲間内で食事をすることは数少ない楽しみのひとつなのだろう。

「αとβの違いを明確にして…けほっ、表の最後に加えて……けほっけほっ」

「ああもう、魚住さん、バナナよく噛《か》まなかったでしょ……いま水あげますから待っててくださいねっ」

咳《せ》き込む魚住の背中を軽く叩《たた》いてから、伊東はシンクへと急いだ。残りを慌てて食べたのがいけなかったらしい。バナナで窒息死されては洒落《しゃれ》にならない。

なのに、急いでいる時に限って電話が鳴る。

実験の最中なので、手の空いている人間がいない。伊東は水の入ったコップを持ったまま受話器を上げた。魚住のいる方向にコップを差し出すと、自ら立ち上がって取りに来る。まだ苦しそうに咳き込んでいる。バナナは胃に落ちそうで落ちないらしい。

「はい、日野免疫学……ああ、おはようございます、伊東です——魚住さんなら、ちょうどここに。いま替わりますね」

コップ半分の水の協力で、魚住はやっとバナナを胃に誘導させたところだった。フー、と安堵《あんど》の溜息《ためいき》をついている。

「濱田さん？」

「ええ。出先みたいです」

魚住は、受話器を受け取った。

ほんの短い会話だった。もともと魚住も濱田も、電話で余分な世間話などするタイプではない。だがそれにしても速かった。必要最低限の、受け答え。その短さが、伊東に嫌な予感を芽生えさせる。

「濱田さん、何時頃になるんですか？」

喉《のど》につかえていた異物は取れたはずなのに、魚住の顔色が悪い。

「今日は、来れない」

「え？」

魚住は残りの水を飲み下して、手近な椅子に腰掛けた。

「お母さんの具合が、悪いって」

「そういえば、入院されてるんでしたよね。教授にも知らせたほうがいいのかな……魚住さん？　だ、大丈夫ですか？」

血の気が失《う》せた顔の魚住が、それでも頷《うなず》く。深呼吸をし、膝《ひざ》の上に置いた手のひらを上に向ける。リラックスするためのコツなのだと、つい何日か前に話していた。この方法を魚住に教えてくれたのは、濱田の母親だということも。魚住のＰＴＳＤについては伊東も聞いていた。発作時のケアも濱田から教えられてはいたが、未経験である。

「――大丈夫」

魚住が呼吸を意識的に制御しながら呟《つぶや》く。発作は回避されたようだ。伊東まで冷や汗が滲《にじ》んだ。

「悪いけど、教授に報告してきて。濱田さん、東研大付属病院の内科ＩＣＵにいるそうだから」

そう指示され、すぐさま教授のもとへ走る。頭の中がパニックを起こしかけていた。

伊東はまだ身近な人間の死に遭遇したことがない。

祖母も祖父も嘘みたいに元気だし、両親は殺しても死なないほど丈夫な体質だし、事故に遭った友人もいない。実をいえば葬式というものに出たことすらないのだ。

情けない話だが、マウスを初めて殺した時も危うく嘔吐《おうと》しかけた。生き物が死んで、ただの肉塊になる……それを目の当たりにして一週間肉が食べられなかった。

死んだ動物の肉を食べて成長した自分について、らしくないほど深く考え込んでしまった。もっとも一か月もすれば慣れてしまい、豚も牛も鶏も、再び美味《おい》しい食材に戻ったのだが。

それでも、わかったことがある。

「死」は伊東が思っているよりずっと身近なものらしい。人間の死も同様だ。以前、研究室の飲み会でそんなことを魚住に少しだけ話した。美貌《びぼう》の先輩院生はウン、と小さく頷き、

「生きているってことは、少しずつ死んでいるとも言えるからね」

少量のアルコールではなびらのように色づいたくちびるは、そんな言葉を零《こぼ》した。

連絡を受けた日野教授はすぐに病院へ向かい、魚住もそれに同行した。

ＩＣＵにいる限り、家族以外は面会謝絶である。待合いの一角で日野教授は濱田に状況を聞いた後、研究室のほうは心配せず必要なだけ休みを取るようにと言い渡し、ものの十五分で帰っていった。

濱田の母が癌であり、しかも楽観できる状況でないことは教授も承知している。医学的知識があるだけに、その場凌《しの》ぎの慰めはなかった。

「きみは……戻らなくていいの」

教授を見送った後、濱田が魚住にそう聞いた。疲労の滲む声だった。容態が急変したのは、昨晩遅くだったという。それから眠っていないのだろう。

「おれ、邪魔ですか」

「いや。そんなことはないよ。兄弟たちが来るのは夕方になるだろうから……正直、ひとりだけなのは、嫌だね。悪いことばかり考える」

「じゃあ。もうちょっといます」

「うん。……申し訳ない。忙しいのに」

「いいえ」

それきり、ふたりとも黙った。

ＩＣＵの隣はナースステーションになり、さらに奥には病室が続いている。そこそこの人数はいるはずのフロアなのだが、静寂だった。この間訪ねた大部屋のある病棟とは雰囲気がまったく違う。

ゴォン、と響くエレベーターの唸《うな》りが妙に大きく聞こえる。

昼食を載せたワゴンが到着したのだ。トレイを取りに来る患者はなく、何人かの看護婦たちが手分けして病室に運んでいく。自力で歩ける人がほとんどいないということだ。

点滴で命を繋《つな》いでいる患者も少なくないのだろう。

自分で歩く。

自分で食べる。

自分で排泄《はいせつ》する。呼吸する。

自分で意思を、伝える――それらのあたりまえなことが、ここでは少しもあたりまえではない。生きているということすら、あたりまえではない。身体の機能を、脳の活動を、止めずに続けるために、または自分の家族が止めずに続けてくれるために、人々は祈る。

いまの濱田のように。

深く頭《こうべ》を垂れ、顔を手のひらで覆い、じっと座って。

「――僕は」

そのままの姿勢で、濱田が言った。声はくぐもって聞こえた。

「僕にはわからない。母が……死んだら」

語尾が震えて、濱田が泣いているのだとわかる。魚住もやはり動かないまま、顔だけを濱田に向けた。

「母が死んだら……どうしたらいいんだ。どう考えたら、自分を納得させられるんだろう？」

手のひらが外れて、充血した目が魚住を見る。

魚住はごそごそとズボンのポケットからハンカチを出して、濱田に渡した。これまでさんざん濱田のハンカチを借りていたが、貸したのは初めてだった。それを受け取り、濱田は続けて魚住に問いかける。

「……家族とか。恋人とか。大切な存在を死によって完全に失った時、みんな、どうやって悲しみを乗り越えてるんだろう？　どう考えたら、この辛《つら》い気持ちを緩和させられるんだろう？　普通に、人並みに、心を安らかな状態にして生きることができるんだろう？　胸を詰まらせないで呼吸ができるんだろう？　きみは……その方法を、知っているのかな」

「知りません」

ほかに答えようがなかった。本当に、知らなかったからだ。魚住の場合、身近な人々の喪失はいつでも突然だった。濱田のように、予測して考える時間すらなかった。

唐突に失われる命。

昨日隣で微笑んでいた人が、今日はもういない。

「なんにも考えられなくなっちゃいますから。さちのちゃんの時も、そうだったけど」

「そう、か……そうだよな」

「養父母たちが死んだ時も……突然だったから、頭真っ白で。頭だけじゃなくて。変なんですけど、皮膚感覚とかもすごく鈍くなります。ぶつけたり切ったりしても、あんまり痛くないんです」

「なんとなく、想像がつくよ。いま、僕がそれに近い感じだ。腹も減らない。眠たいとも思わない」

そう、悲しみが深い時、人は眠らなくなる。眠れるようになるまでが大変なのだ。

「だけど……ちょっとずつ……その……」

「うん？」

濱田が体勢を変えて、椅子に深く腰掛けた。魚住の貸したハンカチの端だけを使い、綺麗《きれい》に畳み直す。

「ちょっとずつ、なんだい？」

「上手《うま》く言えないんですけど……ちょっとずつ、進みます。どんなに頭が真っ白になってても」

「進むって、なにが？」

「えーと……なんていうか……」

「悲しみが癒《いや》されていくっていうこと？」

「そういう話ともちょっと違って……辛いことは、一回だけじゃなかったり、何度も起きたり、重なったり……」

「……うん」

「そういうの全部が癒されて、安心できて、満足できて……曇りのないガラスみたく、キラキラしちゃうようなことは……たぶん、ないと思います」

「ないのか」

「ないんじゃないかなァ」

辛い思い出が美化される夢物語を魚住は信じない。

辛かった過去は辛いままだ。悲しい思い出は悲しいままだ。一度失った人は、永遠に失ったままで、戻ることはないのだ。

「けど、進みます」

「だから、なにが進むの?」

「えーと」

言葉にするのは難しかった。近いニュアンスの単語はなくもない。時間だとか、人生だとか。でもそれとは違う。もっと別なものだ。ただでさえ日本語が不自由だと久留米にからかわれる魚住である。考えていることを言葉に置き換えるのは難しい。

「んー。なんだろ。不可逆な方向性っていうか。エントロピーっていうんでもないけど……とにかく、進みます。どんなに悲しくても辛くても、何人と死に別れても、生き別れても、自分では少しも動いているつもりがなくても……前に、進んでる。進んじゃう。勝手に」

「それは……いいことなのかな」

さあ、と魚住は首を傾げた。

「わかんないです。いいとか、悪いとか、そういう区別をつけるものでもないのかも」

濱田が、ふっと口元を緩めた。いつも浮かべている笑顔に、ほんの少し近づく。

「もしかしてきみ、哲学的なこと語ってる？」

「哲学って、なんでしたっけ」

「物事の究極的な真理を探る学問、かな」

「きゅうきょくてきなしんり？」

魚住が子供の口調で鸚鵡《おうむ》返しをする。そしていつもと同じぼんやり顔で、

「そんなものは、いらないなぁ」

と呟《つぶや》く。

カラカラと音を立て、ストレッチャーが通り過ぎた。誰も乗っていないそれは、エレベーターに消えていく。

「そうだね。いらないかもね」

俯《うつむ》いていない時の濱田の視線は、ほとんどＩＣＵの扉から動かない。

「母がさ……きみのことを天使さんって言ってた。あの綺麗な天使さんが、って何度も話すんだよ」

「はあ。二度目に会った時、天使だったもんで」

「きみのこと、お気に入りだった」

まだ過去形にするには早過ぎる。魚住はそう思ったが口にできなかった。濱田からハンカチが返される。

指先が触れ合った。

暖房のよく効いた病院にいるというのに、ふたりともかじかんでいる。緊張のせいだろう。

「コーヒーかなんか、買ってきましょうか」

魚住がそう言った時、ナースステーションから看護婦がふたり、慌ただしくICUに入っていくのが見えた。濱田の顔つきが強《こわ》ばる。三分もしないうちに今度は医師が駆けつけた。やがて、

「ご家族の方、お入りください」

医師に言われて濱田が立ち上がる。マスクをつけ、白衣を着る間、濱田の手が震えているのが、離れていてもわかった。

魚住はひとり待合いに取り残される。

また、とても静かになる。背もたれに寄りかかり、目を閉じた。

なんだか、疲れた。

いろいろなことを考え過ぎたせいだろう。いままで考えないでやってこれたのに、これから先はそういうわけにもいかないらしい。自律神経に『もう見て見ぬふりは限界』とクレームをつけられているのだ。自分の身体だけに、無視できない。

(——あたしの時は)

幻聴だと、わかっている。

（あたしの時は、もうすっかり手遅れで、処置室に運ばれた段階で脈も呼吸もなくて）

目を開けても、誰もいないのだとわかっている。

（ＩＣＵに入ることもなかったよね。ねえ、ますみ）

「……うん」

濱田が座っていた位置から聞こえる声。閉じた瞼《まぶた》の下で思い出す、あの子の制服姿。

萌葱《もえぎ》色のマフラー。

（思い出すと、辛い？）

「うん」

（あたしが死んじゃって、さみしい？）

「すごく」

すごくさみしいよ。

もうすぐ一年だ。さちのちゃんが死んでしまってから一年。

日下部《くさかべ》先生が自殺してから九年。

お養母《かあ》さんたちが死んでしまってから十年以上で――おれが親に捨てられてから、二十七年。

（おまえの指はね、真澄）

お養母さん？

（おまえのその指は、なくしたものを数えるためにあるんじゃないのよ）

お養母さんの声が聞こえるのは、久しぶりだな。

（出会えた人を、数えなさい。おまえが出会えた、大好きな人を数えるの。その人が生きてても死んでても、数に入れていいの）

死んでる人でもいいの？

（いいのよ。数えなさい、大好きな人を。いつか嫌われることがあってもいいの。別れることがあってもいいの。出会えたことも、好きだったことも、嘘じゃないんだから、それでいいの）

ああ、それなら、おれにもたくさん数えられる。

足の指まで使うくらいに。それでもまだ足りないかもしれない。

犬とか猫も入れていい？　いいよね、うち、イヌ飼ってたんだし。岸田の家の猫も入れよう。おれ、犬も猫も大好きなんだ。

あと、いま一番好きなのはね。

おれが、一番、失いたくない存在はね……。

「魚住くん？」

「ん……」

目を開けると濱田の顔が近くにあった。どうやら眠ってしまっていたらしい。椅子から半分ずり落ちていた。

「ああ、驚いた。寝てただけか。貧血でも起こしたのかと思ったよ」

そう時間は経っていないようだ。せいぜい数分というところだろう。

「……すいませ……あ、あれ……」

「おっと、大丈夫かい？」

体勢を直そうと思ったのに、逆にずるずると椅子から滑り落ちそうになって、濱田に支えられた。筋肉のコントロールが上手《うま》くいかない。

「濱田さん、お母さんは……」

「うん。意識が戻ったんだ。持ち直した。このまま安定すれば、退院できる可能性もあるそうだ」

「……よ……よかった、ですね」

ふう、とまた力が抜けて、頭がぐらつく。

「ありがとう。……きみ、かなり疲れてるんじゃないの？　少し眠れば？　いいよ、僕に寄りかかって。僕もちょっと、寝たい」

濱田が魚住の隣に腰掛けて、安堵《あんど》と疲労の溜息《ためいき》をつく。それから魚住の頭に軽く手を当てて、コテンと自分の肩に載せた。魚住も脱力し、遠慮なく寄りかからせてもらう。本当に、眠かったのだ。

「うーん……なんでだろ、ここんとこ、あんまり眠気を感じなかったのに……」

ぼそぼそ喋《しゃべ》る間にも、睡魔がやってくる。

横で濱田が大きな欠伸《あくび》をした。

魚住にもそれが移る。

ふたりは待合いの長椅子に腰掛けたまま、しばらく眠った。

互いに身体を緩く傾斜させ寄りかかり合い、戦場で束の間休息を得る兵士のように、ほとんど動かずに眠った。


「久留米さんはァ、クリスマスどうするんですか〜？」

語尾を伸ばす癖は相変わらずの安藤るみ子に聞かれる。久留米は、

「べつにどうもしないぞ」

と答えて茶を啜《すす》った。会社の近くにある蕎麦《そば》屋である。

「つまんない答え〜。でもそんなことだろうと思って聞いたんですけど」

「なんだそりゃ。おれはそんなに予定がなさそうな男に見えるか？」

るみ子が社内メールでどうしても鍋《なべ》焼きうどんが食べたいと訴えてきたのだ。部署が変わってから、話す機会は減ったのだが、たまにこうしてランチにつきあう。営業の最前線で頑張っているるみ子からの情報は、久留米の役に立つことも多い。

もしかしたら、控えめな協力なのかもしれない。押しつけがましいことを嫌う久留米を、聡明《そうめい》なるみ子はよく理解している。

「またまたー。久留米さんモテモテですよ。旦那《だんな》さんにしたい社員のトップ5には入りますね。煙草吸わなきゃもっと上位に食い込むかも……あ、鍋焼きください」

「これでも減ったんだぞ、本数。おれは天丼ランチ。冷たい蕎麦で」

オーダーに頷《うなず》いた仲居が厨房《ちゅうぼう》に「鍋《なべ》にBランチ～」と独特の声音で叫ぶ。昼時の店内は満席だった。

狭いので煙草はやめ、久留米は所在なげに肘《ひじ》をつく。

「久留米さんってイベントとか、どうでもよさそうですよね。彼女がレストランでディナーとかねだっても、牛丼屋に引っ張っていきそう」

「そこまで酷《ひど》かねぇよ。自分の女が行きたがれば考えるさ」

きゃ～、とるみ子が仰《の》け反る。

「自分の女だって～。なんか、久留米さんが言うとエッチくさ～い」

「なんなんだおまえ」

ハンカチを握りしめてるみ子は身悶《みもだ》えている。自分の女。そんなにいやらしい響きのある言葉だっただろうか？

「ハー、心臓バクバク。久留米さんが恋人といるところって、想像できないよねって、この間みんなで話していたばっかかだったんです」

「女子親睦《しんぼく》会の打ち合わせの時」

「みんなって」

「……あれか」

それがどれだけ恐ろしい集いか、久留米も聞いたことがある。男子禁制の飲み会は、勤続三年以上の女子社員のみに参加資格のある非公式の集まりだ。その運営をしているのは、女子社員の中でもリーダー格、通称幹部……この場合、役職は関係ない。親睦会幹部になるには、情報収集力に長《た》け、かつ信頼されていることがなにより必要である。

「おっかねー。あそこでおれの名前が出ちゃうのかよ」

「好意的ですよ、みんな。久留米さん、こないだ商管のオフィスで蛍光灯替えてあげたでしょ」

商管とは商品管理部のことだ。簡単に言えば倉庫である。業務内容が力仕事なので女性社員はごく少ない。

「……ああ、あれか。だって、背の小さい女の子がデスクの上で四苦八苦してんだぜ。野郎はみんなラインに出ていなかったし」

「そういうの、ポイント高いんですよ」

ふうん、とだけ言った。べつにポイント稼ぎのためにやったわけではない。知らぬふりで通り過ぎることのほうが、久留米には難しかっただけのことだ。

ぐつぐつと湯気を立て、鍋焼きうどんが運ばれてきた。

わーい、と箸《はし》を割ったるみ子だが、なかなか口をつけようとはしない。箸を持ったまま、じっと待っている。

「なにしてんだ。食べないのか？」

「猫舌なんです。熱いと、むせちゃう」

「おまえなぁ。猫舌のくせに鍋焼きなんか頼むなよ」

「いいじゃないですか。好きなんです。猫舌だけど」

真剣な表情で反論されてしまった。

「……いるんだよなー。熱いモノ食うとむせちゃう奴」

魚住がそうだった。しかもるみ子のように回避する知恵がないものだから、自分が熱いものは苦手だと思い出す前に食べだして、結局ゲホゲホむせるのだ。

クスリ、と思い出し笑いが浮かんだ。

「あっ。久留米さん、なんかやらしい」

「おれは結構やらしいんだぜ」

「きゃあ、セクハラっぽいです、それ。もっと言ってぇ」

「……いいから、早く食え」

ハーイとるみ子がエビ天からとりかかる。自分の天丼をかき込みながら、店のテレビに目を向けると、ちょうどＣＭに切り替わり、例のネズミが現れた。今年もあのテーマパークがクリスマスイベントの宣伝をしている。

賑々《にぎにぎ》しいが、どうにもオモチャじみた音楽が蕎麦屋に広がる。

「あ、いいなー。遊びに行きたいなー。夜は花火が綺麗《きれい》なんですよねー、アチチチ」

大きなツリーが映し出された。

あれか。

久留米は箸を止めて見入る。あれか。あれを、見たかったのか……あの子は。

「うーん、クリスマス。あたしはきっと残業ですよ。むなしー」

「……おれも、残業だ」

CMはすぐ終わってしまった。

輝くお城の天空に打ち上げられた花火の残像。ツリーはバカみたいに大きかった。

そうか。

あれを見せたかったのか、魚住は。

久留米は食事を再開する。天丼はタレが甘過ぎて放ってある虫歯に染みた。るみ子は最後までアチチと言いながら鍋焼きうどんを食べ続けて、短い昼休みはすぐに終わってしまう。

午後は、さんざんだった。

入社以来、一番痛いミスを久留米は指摘された。こともあろうに、社外秘データを、取引先に渡してしまったのだ。

実際渡したのは営業の人間だが、そのデータを用意したのは久留米だった。

同じ項目からなる社外用と取り違えたのである。確認を怠った営業にも問題があるが、たまたま新人だったため、責は軽い。データを提供した久留米は、こっぴどく叱責された。相手方に見せたくない数字がきっちり入っていたのだ。これは痛手だ。入札して何年も経つ中堅社員のしでかすミスではない。

「申し訳ありませんでした」

部課長にひたすら頭を下げた。下げても下げても足りないくらいだった。

「頼むよ。今回の始末書は見送る。いままでのきみの営業部への貢献もあるからね。でも次にこんなミスをしでかしたら、そうはいかん。下手すりゃ減俸だぞ」

「すみません。以後、気をつけます」

営業がどんな苦労をして仕事を取ってくるのか、久留米はよく知っている。自分もやっていたことだからだ。その努力を危うく水の泡にするところだった。自分でも自分の方《ほう》のバカさ加減が信じられない。集中力が落ちている自覚はあったが、よもやここまで呆けているとは思っていなかった。確かに、年の瀬で忙しい。だが仕事がキツイのはいまに始まったことではない。この不景気で、どの会社だって似たり寄ったりだろう。

原因は別にある。

呆《あき》れたものだ。魚住のことが気になって、会社にいても考えてしまうのだ。

なにも連絡がない。

電話がかかってこない。

もともと互いにまめに連絡を取り合ったりはしない。一時は一緒に暮らしていただけあり、突然来訪したりされたりもあたりまえで、いなかったら無駄足だから一応電話してみるか——そんな程度である。

なのに気になる。

ＰＴＳＤについては、ちゃんと病院にかかっていることも知っている。自分が気を揉《も》んでもなにもしてやれないことも知っている。せいぜい、こっちがおろおろして、それを悟られないように抱いてしまうくらいだろう。役立たずである。

だから、苛々《いらいら》するのだ。

こんな気分を味わうとは心外だった。

いままでだって同じだった。魚住がどんなトラブルに巻き込まれようと、たいして役には立っていない。役に立つつもりもなかった。犬の死体を運ぶために車を出してやったり、狭いアパートに居候させてやったりはしたが、率先してやったわけではない。ただ放っておくわけにもいかなかっただけだ。

魚住を抱いて。

自分のものだと意識するようになって。

そうしたらいきなり、感情の揺れ幅が大きくなった。現金なものだ。なにもしてやれない自分を腑甲斐《ふがい》なく思ってしまう。

悔しいのだ。

魚住を手に入れて、身体の存在がこれ以上はないほど近くなって、やっと知ったことがある。あの男は、ひとりなのだ。たとえ久留米といても、久留米と寝ていても、いや、誰といようとひとりなのだ。

遠いところに、ひとりでいる。しかも、相当遠い。それは魚住が望んだことではないにしろ、久留米には到底届かない場所だ。

（人間は誰でもひとりです）

サリームはそんなことを言っていた。だから恋愛関係というのは、おそらく甘い幻で、その幻が終わった時、結ばれたふたりは別れるのでしょう、と。

（別れないためには、幻を越える新たな関係を築かなければならないんです）

それはなんなんだと聞いたら、わかったら僕も苦労しませんと笑った。好きな相手でもいるのだろうか。サリームはあまり自分の話をしない。

恋愛は、幻。

そんなものか。

そうかもしれない。それでもかまわない。その幻すら魚住とは見ることができない。こいつにはおれがいなければダメなんだと、愚かな自己陶酔にさえ浸れない。

魚住は苦しんでいる。

たぶん、いまも。ひとりで。

「……めくん、久留米くんってば」

「え、あ……すいません、ぼんやりしてました」

隣の席の西村に、フロッピーの角で肩を突かれた。失礼というか、子供っぽいというか……この同僚は少し変わっている。

「コレ。例のデータの差し替えのヤツね。言っとくけど、僕が自分からやったわけじゃないよ。課長に言われて」

「ああ……ハイ、ありがとうございました。お手数かけました」

なるほど、やり直しすらさせるのは心配といったところだろうか。頭を下げてフロッピーを受け取る。シールが貼られ、部署名、ファイル名、拡張子、制作年月日がきっちり書かれている。西村は几帳面《きちょうめん》な男なのだ。

「──まだ、なにかありますか？」

立ち去らない同僚に、久留米は聞いた。もともとこの男とはそりが合わない。ここらで皮肉のひとつを食らうことも覚悟している。弁解できないポカをしたのだから、いくらでも言えばいい。

「あのさ」

「はい」

西村は強い癖毛をカシカシと掻《か》いた。重たい印象の眼鏡がズレる。その奥でぱちぱちとせわしない瞬きをする。

「なんでも上手《うま》くいくわけがないよ」

「……は？」

頭を掻くのをやめ、抜けてしまった自分の頭髪を慎重にゴミ箱に捨てながら、西村は繰り返した。

「仕事。なんでも、全部、上手くいくはずがない。ミスはどうしても出る。ポカは絶対やるもんだ。どんなに気をつけてても、やる。仕事に完璧《かんぺき》はあり得ない」

そのセリフに驚いた。西村は完璧主義だと思っていた。

「僕らしくないセリフだと思ってるだろ」

久留米は頷《うなず》く。

「久留米クン、アレだろ。僕のこと、パソコンオタクだと思ってるだろ」

今度はさすがに頷けない。だが、そんなことないですよ、と諂《へつら》えるような久留米でもない。ただ黙っていた。

「いいよ。ホントのことだから。でもね、パソコンオタクは完璧主義なんかじゃやってらんないんだよ。ソフトにはバグがあってあたりまえなんだから」

「あたりまえ、なんですか」

そうさ、と西村は強く肯定する。

「あちこち、虫食いだらけさ。ちっとも完璧なんかじゃない。完璧なものを僕は信じない。隙がないものは、融通も利かない。結局使えない。人間も同じだろきっと。隙だらけだ。ポカもする。完璧なんかあり得ない。もっとも、

キミが今回したポカは相当マヌケだけど、と付け加えた。久留米が「確かに」と同意すると、西村がニヤリと笑う。そして、

「晩ゴハン食べて帰らないか」

と初めて久留米を誘った。

「事故現場に、行ったことはありますか？」

吉住医師の問いに、患者は首を横に振る。

「いえ」

「行くのは、怖い？」

「行くことを考えたことがありませんでした」

返答の口調は落ち着いている。ややスローで時折音が籠《こも》る独特の喋《しゃべ》り方をする。

「では考えてみてください。あの事故現場に行くことを想像して……怖いですか？」

ひと呼吸の間、この患者――魚住は考えているようだった。瞬きが増え、長い睫毛《まつげ》が揺れる。やがて、

「行くことは怖くないです。行って、もしも発作が起きたら、それは怖いけど」

そう答える。表情は変わらない。

吉住はカルテを書きながらではなく、ペンも持たずに正面から患者に向かい合っていた。魚住は真っ直ぐな視線の持ち主だった。顔の造作が際だって美しいので、慣れないと見つめられているほうがどぎまぎしてしまうだろう。

「渡した安定剤は、ちゃんと飲んでますか？」

「えーと。食事自体を忘れると、薬も忘れちゃうことがたまに」

正直な答えについ笑ってしまう。

「忙しそうだものね。研究室の期待の星だと聞いているわ」

「それは大袈裟《おおげさ》です」

謙遜《けんそん》しているわけではない。この青年は、自身への評価が低い。もっとも、研究者としての頭角を現してきたのはここ一、二年のことらしいのでまだ自覚がないのもそう不思議ではない。

「少し、眩《まぶ》しいですね」

冬晴れの日光がちょうど魚住の座る位置に射すのだ。吉住は窓のブラインドを下げた。室内が薄暗くなったが、あえてそのまま電灯はつけなかった。光量が少ないほうが安心する患者は多い。

「留学に関しては、どう思っている？　このままでは無理そう？」

「うーん……向こうに行って、精神状態がもっと不安定になったとしたら、症状は悪化しますよね」

「その可能性はあるわね」

「あれって、きついですよね」

「発作のこと?」

「はい」

乏しい表情の中、頬のあたりに緊張感が浮かぶのを吉住は見逃さなかった。

魚住もまた、ほかの患者同様、発作を恐れている。無理もない。不安の高波に攫《さら》われ、激しい動悸《どうき》の後に襲ってくる窒息感。どんなに医師が発作で死ぬことはないと説明しようと、死を予感せずにはいられないほどの苦痛は現実に患者を襲い、蝕《むしば》むのだ。

「あれが頻繁になったら、たまらないなァ……」

事実、患者はいつどこで発作に襲われるかわからない不安から、外出すらままならなくなってくる。飛行機、電車、渋滞、人込み――それらの閉鎖空間に短時間でも身を曝《さら》すことができなくなり、結果社会生活にも支障をきたすようになる。魚住の場合、研究室に通うことはできているのだから、現在のところ症状は軽いほうだ。

「アメリカでは、PTSDには日本とは違う薬が使われているわ。もしかしたら、あなたに合うかもしれない」

「ああ。えーと、セロトニン阻害物質?」

「そう。もう調べてあるのね」

コクンと頷く。細い首だわ、と吉住は思った。背は高く、痩《や》せてはいるが特別に骨細ではない。首が長いので細く感じるのだろうか。本当に、美しい青年だ。

けれどまだ目に力がない。

彼の深部に内在するはずの生命力が、表面に上がってきていないのだ。

「アメリカに行くことが、あなたにいい影響を及ぼす可能性はないのかしら？」

「向こうのラボで研究できることは、魅力的です」

「生活面での不安は？　英語は得意なのよね？」

「はあ。まあ、そこそこ」

「車の運転は？」

「できません」

「アメリカで何年か生活するなら、車がないのは不便だわね。留学ビザなら免許を取ることもできるわよ」

「はあ。でもおれ、ニブイからな……」

視線を落としながら答える。

「アメリカ人だけじゃなく、いろんな国の人がいるわけだけど、彼らと上手くやっていけると思う？」

「やってみないとわかんないです。イヤな奴がいたら、上手くやっていけないかも」

「それは日本でも同じよね」

「ええ、まあ」

覇気のない返答が続く。

魚住に悪気があるわけではない。もともとの性格がアグレッシブとは言えないうえ、神経の休まらない日々が続き、心身共に相当まいっているはずだ。加えて、魚住は自分を甘やかすのが上手《うま》いタイプではない。南雲を経由して聞いた話では、研究室のほうでも根を詰めた作業を続けているのだという。

吉住はしばし考え、デスクのライトも消した。部屋がさらに暗くなる。互いの顔は見えるが、カルテの文字は読みづらい。

質問の表現と口調を変える。

「PTSDによる、パニック発作を発症したケース。二十七歳、男性、大学院生」

「は?」

「孤児として育ち、養子先を二度変えている。思春期に三度目の養父母と義兄を突然の交通事故で亡くしている。また一年前、精神的に強い結びつきのあった少女を、やはり事故で、しかも目の前で亡くしている。……PTSDはそれらのトラウマから形成され、発症はこの秋。交通事故を連想させるトリガーからパニック発作を引き起こし、苦しんでいる」

一瞬怪訝《けげん》な顔をした魚住だが、黙って吉住の言葉を聞いていた。

「現在のところ、発作の回数は多くはないが、今後の予測はつけられない。発作時の薬は効果があるが、そのほかの薬はまだ回復に寄与していると明言できるほどの裏づけがない」

吉住は会議での発表のように、感情と抑揚を控えめにした喋り方をした。これまでに、こんな方法を採ったことはない。誰にでも適しているアプローチとは到底言えない。

だが、魚住に対してはやってみる価値はあると思った。

「さて。この青年が症状の回復を待たないまま、アメリカにひとりで留学することによって及ぼされる影響には、どんなものが考えられるか？」

投げかけられたクエスチョンに、魚住の目が細められた。そのまま視線は伏せられ、膝《ひざ》の上で組んだ手の、親指だけがせわしなく動いている。動揺しているのか、あるいは思考しているのか、それは吉住にもわからなかった。

「……孤独感」

しばらく待った後、薄闇の中で返った答えは短く、かつ的確だった。

「彼は、強い孤独感に苛《さいな》まれる可能性が、あります」

自らを三人称で表し、魚住は続ける。

「現在の彼を支えている、身近な人々の心理的なサポートを失うことは、彼にとって大きな痛手です。彼は喪失を恐れています。彼自身、喪失し続ける人生には慣れていると思っていた。けれど、それが間違いだということは、一連の症状が裏づけています――

彼は、慣れてなど、いなかった」

吉住は深く頷《うなず》いてから、問いかけた。

「喪失は、誰しもが恐れることです。なのになぜ、彼の場合はそれが強く作用してしまうのか？ 彼にとって、喪失とはどのような位置づけにあるものなのか？」

「彼にとって、喪失とは死です」

間を置かないで魚住が答える。

「細胞レベルでの死を、彼はラボでいつも目にしています。細胞が膨張して破裂するネクローシス。縮小してマクロファージに貪食《どんしょく》されるアポトーシス。いずれも喪失です。いなくなる。存在しなくなる。人間の個体も、同じことです。この運命からは、誰も逃れられない。みんないつか死ぬ。彼はその現実をよく知っています。観念的にではなく、経験則として彼の中で作用している。なんでもない日常の中、忘れたように生きていても、なかなか取れない爪の間のゴミのように、いつもその喪失の気配を感じている……」

もともと聡明《そうめい》な患者は、自らを客観視する形式を与えると饒舌《じょうぜつ》になった。おそらく、彼なりにずっと考えてきたのだろう。ただ、それを言葉に変換して伝えることができなかった。自らの感情や感覚・心理状態を表現するのは人が思っているより、とても難しいことなのだ。どうしても自意識と客観が拮抗《きっこう》してしまう。しかし一時的に自分を突き放した場所に置き『彼』として捉《とら》えた時、魚住は第三者の視点に立てる。

そしていままでとは違う切り口で、冷静に自己を分析し得るのだ。

「では、死ななければいいのかしら。仮に、彼の周囲から不幸な死をなくすことができたとしたら、彼の心は安まるのかしら？」

魚住は乾いたくちびるを舐《な》めながら、首を横に振る。

「生物が死なないということはあり得ません。あり得ない仮定で話をしても意味がありません」

「そうね。ならば死なないのではなく、その死を彼が知ることがないと仮定したら？　つまり彼を死から隔離すれば問題は解決する？」

魚住が吉住から視線を外した。微《かす》かな音を立ててソファの背もたれに身体を預ける。顎《あご》を引き、瞬きが速くなる。考えている。

「……すべてを見なさいと」

「え？」

声が小さかったため、吉住が聞き返す。

「すべてを見なさいと、彼の養母は言いました。辛《つら》い光景も、美しい光景も、それが自分の周りで起きたことならすべてを見て、認識して、泣いたり笑ったり憎んだり許したりしなさいと」

「すべてを受け入れろという意味かしら？」

僅《わず》かに首を傾げて魚住は否定した。

「……違う、と思います。受け入れろとは言わなかった。ただ、見なさいと」

目を閉じないで
見てごらん
聞いてごらん
感じてごらん
おまえがいなければ、この世界は存在しないのよ

「自分と世界を、遮断しないようにという意味だったのかもしれません」

「彼は母親の言う意味がわかったのかしら？」

「どうでしょう。当時の彼は子供だったから、わからなかったかもしれない。あるいは、子供だったからこそ、直感的に理解したかもしれない」

吉住は椅子から立ち上がり、窓の近くに立った。

「その言葉があったから、彼はかろうじて自分と世界を繋《つな》いでいることができたのではないかと思われます。世界から完全に乖離《かいり》してしまっていたら、その後に家族を一度に失った時……彼が生きていくことは難しかったはずです」

言葉が終わるのを待って、ブラインドを上げる。

いきなり明るくなる室内に魚住は顔の前に手を翳《かざ》した。すぐにその手を下ろし、光に慣れるために顔を窓に向ける。

「魚住さん」

「――はい」

滑らかな頬に、白い光が反射していた。

魚住は確かに多くの不幸に曝《さら》された。多くの死を突きつけられた。

「あなたは、大丈夫よ」

それでも感じるこの確信を、吉住は上手く言葉にできない。楽観主義だと笑われるだろうか。現実はもっと厳しいものだと、ほかの医師は渋面を作るだろうか。

「大丈夫……かなぁ……」

魚住は子供のように小首を傾げて呟《つぶや》く。どこか他人事《ひとごと》のようなのは、彼独特の防御法だ。少しだけ自分を突き放し、あえて距離を取る。そんな小細工をしてもなお、不安は消えることもない。

それでもいいと吉住は思った。

不安のない人間などいない。

不安なまま竦《すく》む足で立ち上がり、薄闇の中で道を模索し、転びそうになりながらでも歩いていく――その力をこの青年は持っているのだと、信じたかった。

5

クリスマス・イヴは風のある冬晴れだった。

学部生たちはすでに休みに入って研究室も静かだ。それでも実験を抱えた院生は日参しているし、濱田も母親の容態が落ち着いてからはいつものペースで仕事をしている。

昼すぎには休みのはずの千佳が現れ、みんなにジンジャー坊やのクッキーを配った。魚住はひと際大きい一枚をもらう。千佳が子供のために焼いたのだというそれは、上質のバターが香って美味《おい》しかった。

「僕はなんと十歳まで、サンタクロースを信じてたんだ」

午後六時過ぎ、帰り支度をしながら濱田がそんなことを言いだす。

研究室はもうふたりきりだ。今日ばかりはみんな引きが早かった。

「おれも信じてましたよ。小さい時は」

「プレゼントもらったかい？」

「施設って、わりとそういうのはちゃんとしてるんです。……欲しいものがもらえるわけじゃないんだけど」

「きみは子供の頃、なにが欲しかったの」

「んー。施設の子供が欲しいものは決まってますから」

お母さんとお父さん。

「そりゃ、無理な話だなぁ」

「無理ですね」

だから施設の大人たちは、用意してあるプレゼントを前もってほのめかす——サンタさんが、こんなものを用意してるって言ってたわよ。幼い子供たちはクリスマスの朝、与えられた玩具《がんぐ》で遊びながら、来年はお母さんをもらえるだろうかと考える。

いつか自分が親に捨てられた、または親は死んだのだと知るまで。

「僕のうちのサンタ役は祖父だった。凝り性な人で英語の手紙まで添えてあったよ。サンタクロースが英語圏の人じゃないことは知らなかったのかなぁ……僕が中学に上がる時、大往生したけど」

「濱田さんちって、なんだか楽しそうですよね。お母さんもすごく明るい人だし」

「うちは借金があって生活が苦しかったからね。せめて明るくないと」

濱田がマフラーを巻きながら笑う。バーバリーのチェックは女子学生からのプレゼントだ。よく似合っていた。

「魚住くん、今夜はどうするの」

「家に帰って、寝ます」

「久留米くんは」

「さあ」

さあ、ってことないだろうよ。濱田はそう言うが、本当にさあ、なのだ。ふつりと連絡がない。マンションにも来ない。携帯電話にも家の留守番電話にも、久留米の声がどこにもない。

「連絡すればいいじゃない」

「ええ、まあ」

久留米はまだ会社の寮に住んでいる。年明けには新しいアパートを探して引っ越すと言っていたが、年内は動かない。会社の寮は社外の人間が出入りするのをよしとしないので、久留米が魚住の家に来てくれたほうがいい。

いや、来てほしい。会いたい。

会っている間、魚住は安堵《あんど》できる。あの腕に抱かれている間は、発作は起きない。

「マリさんとは、最近会った？」

「電話ならしましたけど」

「あの人の好《よ》さそうな彼と過ごすのかな」

「いえ。ひとりで、亡くなったお姉さんのお墓参りに行くって」

「そう」

サリームは週末から旅行に出ている。やはり亡くなっている母親の生まれた土地を訪ねる独り旅だ。信州《しんしゅう》のほうらしい。

「濱田さんは、どうするんです？」

「僕はいまから病院さ。面会時間ぎりぎりだな。母に膝掛《ひざか》けをプレゼントする……結構早くから用意してたんだ。この間は、もう無駄になるかと思ったけど、どうやら渡せそうだ」

「お母さん、どんな具合ですか？」

「うん、もう普通食に切り替わったよ。点滴のチューブだらけなのは相変わらずだ——痛いだろうにね、文句を言わないんだよ」

痩《や》せた顔の笑顔を思い出す。あれからさらに痩せて、それでも彼女はまだ笑っているのだろう。

「看護婦さんに聞いたんだけどね。毎朝言うんだそうだ……ああ、今日も生きてるわ、なんて素敵なのかしら……だってさ」

濱田が目を赤くして言った。最近涙脆《もろ》くて困るな、と照れ笑いをする。

「じゃあ、お先に」

「お疲れさまです。お母さんによろしく」

ドアを閉める直前、濱田は再度顔を覗《のぞ》かせて、メリー・クリスマスと言った。

魚住はそれからしばらく後片づけをして、一番最後に研究室を出た。それでも午後七時だからちっとも遅くない。裏門で大学の聖歌隊とすれ違った。ミサのリハーサルだろうか。彼らは毎年、大学の近くにある小さな教会のボランティアで歌う。なにやら焦っているらしく、白い衣装の裾《すそ》をバサバサいわせて全力疾走している姿が可笑《おか》しかった。

パイプオルガンの音が聞こえる。

本物なのかCD演奏なのか、魚住にはわからない。

そっか。クリスマス・イヴか。

繁華街に出れば、街はイルミネーションでデコレートされているのだろう。偽者のサンタクロースが愛嬌《あいきょう》を振りまいて、ケンタッキーの前には行列ができていて、とっておきの服を着た女の子たちが笑いながら歩いているのだろう。子供たちの家には御馳走《ごちそう》が待っていて、大きなプレゼントをもらう。ケーキも忘れてはならない。白いクリームと赤い苺《いちご》。チョコレートの板にメリー・クリスマスと書いてある、あれ。場合によっては砂糖菓子の天使がちょこんと載っていたりする。

あの子が……さちのが去年のこの時季、魚住に焼いてくれたのは、『悪魔のケーキ』だった。

チョコレートをふんだんに使った、黒に近い茶色に焼き上がるケーキだ。甘さを抑えた濃厚な味わいの……いま考えれば中学生のレシピにしては大人びたケーキだった。

ショートケーキは、嫌いだったのだろうか。

それとも、あの純白のクリームが飾られたそれはあまりに幸福の象徴のようで近寄りがたかったのだろうか。

駅に続く商店街に、小さなケーキ屋がある。魚住は売っている中で、一番小さなケーキを買った。おふたり用、と書いてあった。でもちゃんと砂糖菓子の天使がいる。

「はい、千二百円です。ありがとうございましたァ」

続けてメリー・クリスマス、と笑顔。バイトらしき女の子に三百円のお釣りをもらいながら、魚住はつられて微笑んだ。

そのまま駅に歩き、自分のマンションとは方向違いの電車に乗る。揺れる車内でケーキを崩さないように、両手でそっと押し頂くように持つ。専門書の入った鞄《かばん》が、肩から肘《ひじ》に落ちて血行を阻害したが、じっと我慢した。真剣な様子が周囲にも伝わったらしく、そこそこ混んでいた車内でも魚住にぶつかる者はいなかった。

目的の駅で降り、十分ほど歩く。

去年はドリル音を響かせて道路工事をやっていた通りも、いまは静かな通学路だ。住宅街なのでクリスマス・イヴの賑《にぎ》わいも関係ない。魚住と同じようにケーキの箱を持った人々が家路を急ぐ姿がぽつぽつある。

学校の手前の角を曲がると、もう人通りはほとんどない。

コンクリートの四角い建物が闇の中で輪郭をぼんやりと浮かび上がらせている。

さちのが毎日通っていた学校。楽しいか、と聞いたことがある。楽しくない、と答えた。そうだろうな、と思ったことを覚えている。

楽しいこと、いくつあっただろうか。

たった十四年の人生。病に冒され、交通事故で死んでしまった少女に、楽しいクリスマスの思い出はあったのだろうか。

学校の前まで辿《たど》り着く。閉ざされた門。

道路を挟んだガードレールの中に、魚住は立っている。あの時もう少し早く、このガードレールを越えて走っていけたら……そうしたら、さちのは助かっただろうか。

風が吹く。

考えたところで詮《せん》無いことと、風が吹く。

そう、やり直しは利かない。さちのは死んで、魚住は生きていて、あれから一年が経ち、今夜はクリスマス・イヴなのだ。

パァァァン……。

遠くからクラクションが響く。

思わず見回した範囲に車はない。それでも、魚住の心臓は捩《ねじ》れる。

「……っ……」

言いようのない不安感が、べったりと全身に張りつく。

ラップをかけられたような窒息感と、血液がどんどん冷えていく悪寒。

立っていることすらままならなくなり、魚住はガードレールに縋《すが》りつき、しゃがみ込んだ。ケーキの箱を静かに置く余裕もない。なんとか呼吸を平静に保とうとするのだが、努力はちっともむくわれず、冷たい汗が額に浮かぶ。

霞《かす》む目の前のアスファルトに、べったりと血痕《けっこん》が染みている。

さちのの形の、赤黒い痕《あと》。

そんな馬鹿な。幻覚だ。だいたい、いまは夜で路面はほとんど真っ黒で……血など見えるはずがない。

苦しい。

ふわりと巻きつけたはずのマフラーが、怒った蛇のように喉《のど》を責める。取りたい。なのに上手《うま》く手が動かない。ぶるぶると震えて、コントロールできない。

膝《ひざ》をつく。苦しい。

あの時のさちのはもっと苦しかった。目を開いて苦しがっていた。肺が潰《つぶ》れて、気道に血液が詰まって、ヒクヒクと痙攣《けいれん》して、その後口から吐いた。吐血は魚住の手も顔も染めた。

人間は脆《もろ》い。

バラバラの骨は、かろうじて関節で繋《つな》がっている。柔らかな臓器はか細い肋骨《ろっこつ》に守られているだけ。頭蓋骨《とうがいこつ》の中の脳は豆腐並みに脆弱《ぜいじゃく》で、僅《わず》かな衝撃でも生死を頒《わか》つ。筋肉の上には貧弱な体毛。獣のように裸で我が身を守ることもできない。

脆い生き物。

車になどぶつかれば、ひとたまりもない。

養母《はは》も苦しんだのだろうか。内臓破裂が直接の死因だ。養父《ちち》はステアリングに頭部を強打したと聞いている。義兄《あに》は後部座席で、心臓麻痺《まひ》を起こしていた。

なんて脆い生き物。

魚住はコートの上から心臓あたりに拳《こぶし》を当てる。暴れる太鼓のリズム。息が詰まって苦しい。マフラーを取りたい。そうしたら、きっと少しはましになる。楽になる。

――さちのちゃん。

さちのちゃん、さちのちゃん。苦しいよ。さちのちゃん………久留米。

久留米。

目眩《めまい》の中、あの不機嫌そうな顔が浮かぶ。

なんだかんだと文句を言いながら、ずっと魚住のそばにいてくれた男。

――でもおれ、いまおまえを呼んだら、いけないような気がするんだ。

目の奥に氷柱《つらら》が突き立てられたように、キンと冷える。このままだと失神してしまいそうだ。薬はズボンのポケットにある。だがコートが邪魔をしていて取れない。あらかじめコートのポケットに移動させておかなかった自分を恨んだ。

「あの、だいじょうぶ、ですか？」

だれ？

わからない。周囲がよく見えない。

「苦しいんですか？　救急車、呼びましょうか？」

「……って」

「え？」

「マフ……とって……」

「マフラーを取るの？」

かろうじて頷《うなず》く。小さな手が魚住のマフラーを外した。コートの一番上のボタンも外され、喉元《のどもと》の圧迫感から解放される。

少しずつ、視界が戻る。

中学生くらいの女の子が、魚住の背中を一生懸命にさすってくれていた。ショートカットに赤い縁の眼鏡をかけた頭のよさそうな少女だった。

「おにいさん、心臓病とかなの？　あたし、携帯あるから119番しようか？」

「……だいじょぶ……落ち着いてきたから……はぁ……ありがと……」

「本当に大丈夫なの？　顔真っ白だよ」

少女の手が魚住の頬に触れた。

温かい。

ぬくもりが嬉《うれ》しくて、魚住は微笑んだ。

その途端滞っていた全身の血液が、しかるべき流れを取り戻す。極度の緊張が解け、気道も素直に空気を招き入れ、肺がそれを甘受する。手の痺《しび》れが弱くなり触覚が明瞭《めいりょう》になる。

バランスを取り戻す。

脆いばかりの人間が、生命を維持するための絶妙なバランス。外部環境の変化に惑わされない恒常性——homeostasis《ホメオスタシス》

「あ、顔色戻ってきたみたい。暗いからいまいちわかんないけど」

「うん。ありがとう。ごめんね、びっくりしただろ」

「ううん。あたし、知ってるもん」

「え？」

「おにいさん、知ってる……さちのと一緒に歩いてた人」

「……え……」

座り込んだままの魚住に、しゃがみ込んだ少女が言う。

「ここまで迎えに来てたこと、何度かあったよね。あたしよく見てたんだ——あたし、さちのと中一ン時、同じクラスだったの」

「そう……だったの。あ、それ……」

少女が持っていたのは、花束だった。

雪のようなオフホワイトのガーベラ。クリスマスらしく柊《ひいらぎ》がひと枝添えられている。

「うん。お供えしようと、思って……クリスマスなのに、さちのひとりじゃさみしいかなって。お墓はちょっと遠いから」

少女はガードレールの下に、花束をそっと置いた。

魚住もその隣に、少し歪《ゆが》んだケーキの箱を配置した。公道に食べ物を供えるのもどうかなと思ったのだが、どうしてもさちのに、白いクリームのケーキを食べさせたかったのだ。一晩だけでもかまわなかった。

「おにいさんは、ケーキ持ってきたんだね」

「うん……あの……さちのちゃんとは、仲良かったの？」

少女は少し黙って、それから「初めのうちはね」と答えた。

「さちのが、イジメられるようになってからは、近づかなかった。一緒にいたらあたしもイジメられるから」

自分自身に言い聞かせているような口調だった。さちのが死んでから、この少女は何度も自らを責め、そのたびにそう言い訳したのだろう。けれども、そんな言い訳をいくら繰り返しても、ちっとも楽にはなれなかったのだ。

「あたし、弱虫だから」

だからこうして、クリスマスの夜にさちのを想わずにいられない。

「……おれもだよ」

ふらつきながらも、なんとか立ち上がり、魚住は言う。

「あたしんち、家庭内離婚なの。お父さんとお母さん全然口利かないの。そういう話とかをね、さちのはいっつも真剣に聞いてくれたんだ」

「うん」

「なのにあたし、さちのを裏切った。みんながシカトしだした時、一緒にシカトした。エイズだって、汚いよねって、陰口叩《たた》いた」

「……うん」

少女の片頬がピク、と動いた。ああ、泣いちゃうな、魚住がそう思う暇もなく、見る見る涙が頬を伝う。

「汚いなんて……ホントは思ってなかったの」

曇る眼鏡を外して、少女が涙を手の甲で拭《ふ》く。流れる涙は手の甲を伝って路面にパタパタと落ちる。魚住がポケットティッシュを渡すと、それに縋るようにして、ひんひんと泣き続ける。

「そんなこと、思ってなかった。友達だと思ってた。でもあたし、なんにもできなくて……どうしようもなくて」

少女の髪を撫《な》でる。どうしようもなかったというのは嘘ではない。子供特有の残酷なゲームの怖さを魚住もまた知っている。

「せめて……ごめんねって、言いたかったのに……もう、言えない……し、死んじゃうなんて……急に、死んじゃうなんて」

思ってなかったんだもん。

少女はしゃくりあげる。

「……うん」

なにを言えばいいのかわからない。少女と魚住は同じだった。取り残された者という意味では、同じだった。

泣きじゃくる少女を軽く抱き、ポンポンと背中を叩く。

涙は魚住に伝染しなかった。不思議と静かな気持ちになる。

「おにいさん……さちの、あたしを許してくれるかな……天国で、あたしを許してくれるかな？」

天国があるのかどうか、魚住は知らない。さちのがいまどこにいるのかも、わからない。ただ時に、さちのを近くに感じるのは本当だ。それは魚住のセンチメンタルな思い込みである可能性が高い。さちのは死んで、焼かれて、消失した。気配だけが残るはずはないと笑う人もいるだろう。

それでも感じる。

「どうだろう。おれはさちのちゃんじゃないから、わかんないよ。でも……」

ほらいまも。

そこのガードレールにふわりと腰掛けて……こっちを見ているような気がする。

「きっと、さちのちゃんはきみのこと好きだったんだと思う。おれ、きみの悪口を聞いたことないもん。一度だって、ない」

本当のことだった。また、嘘でもあった。さちのは学校のことはほとんど話さなかった。大嫌いだったからだ。その中で、最初は仲良しだったこの少女をどう思っていたのかなど、魚住にわかるはずもない。

少女はウーと動物みたいな声を上げてまた泣いた。以前、魚住も久留米の腕の中でこんな声を出した。

人間は、獣みたいな声を出して泣く。しがみつかれたまま魚住はじっとしていたが、やがて近隣をパトロールしていた警察官から職務質問をされてしまい、少女は慌てて離れ、魚住はしどろもどろに事情を説明した。

そんなクリスマス・イヴだった。

Nishi　久留米くん、今夜はどうするの
Kuru　あと少し仕事して、寮に帰って、寝ます
Nishi　うっわー。クリスマス・イヴだよ。彼女と予定とかないの？
Kuru　だから。何度も言ってますけど、おれ彼女いませんて
Nishi　僕だって何度も言ってるでしょ！　へんに気を遣われるのはゴメンだよ。キミみたいな男がフリーだなんて不自然きわまりない！

はあ、と久留米は溜息《ためいき》をつき、パーティションを隔てた隣にいる西村に向かって、直接声をかけた。

「いないもんはいないんですよ。そろそろ信じてくれませんかね？」

西村はチンパンジーよろしく、イーと歯を剝《む》いて、

「信じられないよッ。それに、だめじゃないか。チャットはタイピングの練習になるんだから、ほらほら続けて！」

と文句を垂れる。久留米はいいかげんげんなりしつつあった。

「もうやめましょうよ〜。なんで隣に座ってんのにパソコン使って喋《しゃべ》らなきゃなんないんですか。遊んでるって課長に叱られちまいますよ？」

西村はプィと画面に顔を戻し、慣れた手つきでキーを叩く。仕方なく久留米も自分のモニターを見た。

Nishi　僕はシャイだから面と向かってはお喋りしにくいんだよ。それに、課長に僕は叱れない。あの人が会社のＰＣでかなりマニアなアダルトサイトをうろついてるネタはしっかり握ってるから
道理でいつも西村にだけは弱腰なはずである。なんとも悲しい男のサガだなぁ、と久留米はせつない気分になってしまう。

最近、西村とはこうした交流が多い。喋るよりタイプするほうがいいという気持ちはちっとも理解できないが、自分の発言がその場で文字として他者に伝わる面白さは、久留米にも感じることができた。面白いが面倒でもあり、結論から言えばやはり喋るほうが楽だ。それでも西村につきあわされているおかげか、タイピングは上達してきた。

Nishi　キミさ、安藤るみ子さんと親しいよね？
Kuru　たまに飯食う程度ですよ
Nishi　安藤さん、頭良くて可愛くて、いいよね。彼氏いるのかな？
Kuru　さあ。おれは知りませんけど
Nishi　今度聞いてみてよ。ランチかなんかの時に

なるほど、こんな話はチャットでないとできない。

女子社員たちの西村に対する好感度は、はっきり言って中の下というところだろう。背が低く、やせっぽちで神経質そうな眼鏡をかけているルックスもあるが、さらに細かいことにキャンキャンとウルサイ性格が問題だった。それは久留米も感じていたことで、事実でもある。

だが、視点を変えてみれば西村が指摘する点は、細かいがゆえに重要なことが多い。また徹底した平等主義で、女子社員にお茶を頼むことなど絶対にない。それどころか自ら全員分のカップの茶渋を漂白したりする。従って、身近な女性からの評判はなかなかいいのだ。

Kuru　わかりましたよ。今度機会があったら聞いてみます
Nishi　(*^_^*)

顔文字の大嫌いな久留米が眉《まゆ》を寄せたのも知らずにご機嫌モードに突入した西村は、しばらく雑談した後、十分もすると先に帰っていった。

久留米はやっと仕事に集中でき、来年始めの営業企画会議の草案に目を通すと、問題点をいくつか抽出する。コーヒーでも飲もうかなと顔を上げた時には、営業企画室はほとんどからっぽになりかけていた。

ちょうど最後に残っていた隣の課の課長が、

「こんな日に残業か？　冴《さ》えねぇなぁ」

そう笑いながら部屋を出るタイミングだった。

「お疲れさまです」

挨拶《あいさつ》を交わし、ひとり残された。

たいして広い部屋ではないが、誰もいないとさすがにスカスカした感じで、久留米は一抹のさみしさを覚える。

──クリスマス・イヴだもんな。

久留米は窓の近くに歩み寄り、ブラインドを上げた。街の明かりが見える。窓ガラスに手をつけるとひやりと冷たい。その時、携帯電話が震えた。

自分でも呆《あき》れるほど心臓が高鳴り、内ポケットから慌てて取り出す。メールの着信だった。

差出人は……マリだ。

「なんだよ。おめーか……」

聞かれたらどつかれるに違いないセリフと共に、メールを開封する。

短いメッセージがあった。

『メリー・クリスマス。みんな愛してるわ』

最初は苦笑し、そのうちに笑えなくなった。マリは今夜、亡くなった姉の墓前に佇《たたず》んでいるはずだ。そこから送信したのだろうか。同時送信はサリームや魚住のほかに数人、そしてマリの恋人である安岐《あき》にも宛ててある。

魚住は、いまこれを見ているのだろうか。

それともまだ気がついていないだろうか。

いま、この瞬間、なにをしているのか。発作は起きていないか。

もう一か月近く連絡が途絶えている。

久留米は今夜、合コン紛《まが》いのパーティーに何人かから誘われていたが全部断った。それは、単にそんな浮かれた気分になれなかったからであり、魚住を待っているわけではない。べつに意地を張っているのではなく——久留米にはわかるのだ。

おそらく、魚住は自分には縋《すが》ってこない。

この一番辛《つら》い時期に、自分に頼ることはしないだろう。ひとりで過ごすのだろう。それはわかっている。どうしてなのか口では説明できない。でもわかっている。あいつは、そういう男だ。よくわからない男だ。強そうで、脆《もろ》くて、一転してまた強い。もしかしたら、久留米より強いのかもしれない。ＰＴＳＤを克服し、アメリカに留学するかもしれない。

そうなったら、どうしたらいい？

引き留めるつもりはない。そんな権利もない。どうしたらいいのかとは、つまり自分の気持ちを、だ。こんなにも魚住を欲しがる、自分の気持ちを、だ。

久留米は携帯を持ったままじっと窓の外を眺め続けた。見ているのは夜の明かりだが、神経は握りしめた折り畳みの携帯に集中していた。

鳴らないのはわかっていた。

魚住はこの携帯を鳴らさない。自分もまた、魚住の携帯を鳴らさない。

それでも久留米は携帯を放す気分になれなかった。

そんなクリスマス・イヴだった。

翌二十五日の金曜日。

魚住はいつも通り研究室に出たが、昼には外出していた。都内のホテルに教授と共にランチに赴いたのだ。

クリスマスだから……なわけがない。

客人のためである。休暇を利用して、アメリカからロバーツ教授がマグロを食べに、かつ魚住真澄という男を見に来ていた。

『うーん、いつ食べてもジャパニーズ・ツナはファンタスティックだね』

「ツナって言われるとなんか缶詰チックだよね。日本通を自称するならマグロって言ってほしいもんだ」

ホテル内にある料亭のテーブル席で、日野教授が文句を言う。

ランチの寿司アンド天ぷら定食を、ロバーツ教授は二人前平らげた。太ってはいないのにこの食べっぷりである。アメ車のごとく燃費の悪い体質なのだろう。

『で、マスミ。具体的にどういった研究をしたいんだい？　うちは単科大学だからね、あまりマキシマムな仕事はできない』

いきなりファーストネームで呼ばれたが、魚住は気にしない。アメリカ人とはそういうものだと思っている。

『現在はサイトカインの情報伝達経路について取り組んでいます。できればそれを続けたいと考えてますが』

『NF-kB遺伝子のクローニングが九十年に行われて以来、その研究に携わっている人間は多いよ。きみにはなにか独自の視点があるの？　いま注目しているのはどんな点？』

箸《はし》を使わず、手掴《てづか》みで中トロを口に放り込むロバーツ教授に聞かれた。

『IkBキナーゼを活性化するのはNIKだけではないという可能性です』

魚住はあまり食欲がなかった。それでも食べる。無理をしてでも食べないと身体が保《も》たないことを、二十七年生きてきて最近やっと自覚したのだ。

赤身の握りを飲み込んで、続ける。

『リンフォトキシンのシグナルにおける NF-kB の活性化に関わっているのは明白ですが、ほかの炎症系サイトカインシグナルについてはその限りではないと考えてます』

むぐむぐと口を動かしながら、ロバーツは珍しい動物でも見るように魚住を観察した。太い眉をマンガのように動かす。

『フゥン。面白いねきみは。そしてこのツナは美味《おい》しい。日本は箱庭的に美しく、アメリカは広くてアバウトだが免疫学は最先端。そんなわけで、僕のラボに来ないか？』

意味はよくわからないが、誘いの言葉には間違いない。日野教授はすぐに推薦状を書きたくてウズウズしているようだ。

「魚住くん。ロバちゃんはね、きみにTAをさせるつもりはないって言ってる。一年目からRAだ。ティーチングがないぶん、研究の時間は取れるよ」

「はあ。そうなんですか……」

確かにそれはいい条件だと思われた。

それでも即決というわけにもいかなかったので、よく考えてみますと返事をする。別れ際にかなり痛い握手をされた。ロバちゃんことロバーツ教授は最後までマグロをツナと言っていた。

クリスマスが終われば、年末までいくらもない。

結局、年の瀬も久留米に会わないままだった。正月休みを利用して実家に戻っているのかもしれない。久留米にはあたりまえに家族がいるのだ。魚住はそれを羨《うらや》ましいと思ったことはなかった。だがいまは思う。久留米が羨ましいのではなくて、久留米の家族が羨ましい。どんなに離れていても、たとえ結婚しても、その家に久留米が戻った時「おかえり」と言える人たちが羨ましい。

元日は、岸田の家を訪れた。優しい祖母と、難しい顔をした祖父と、後ろに立たれるのが嫌いな猫に迎え入れられる。

「真澄さん。おかえりなさい」

祖母はあけましておめでとうよりも先に、そう微笑んでくれた。いらっしゃい、ではなく、おかえりなさいと。魚住は少し戸惑い、小さな声で「ただいま」と返す。

座敷では祖父が待ちかまえていた。お年玉を渡されそうになり、魚住は頑《かたく》なに拒む。祖父もかなりの頑固者なのでなかなか話がつかず、最後には魚住が懇願して諦《あきら》めてもらった。

「頑固な男だな。大人でも孫であることには変わらんというのに……まあ、仕方ない」

ぶつぶつ言いながら、ポチ袋をやっと懐に戻す。いくら魚住でも、二十七になってお年玉をもらうわけにはいかない。

「婆さんの雑煮は関西風だが平気か。澄ましじゃなくて白味噌《しろみそ》だ」

「はい。なんでも好きです」

「足は崩しなさい。前に立とうとした時に、痺《しび》れてひっくり返っただろう。情けない」

「はい」

落ち着きのない祖父を見て、屠蘇《とそ》の用意をしながら祖母がクスクス笑う。

「真澄さんが来るって聞いてから、もうずっとこんな調子なの。大晦日《おおみそか》もね、あなたに食べさせるんだって新巻鮭を買いにアメ横《よこ》まで出かけて、フゥフゥ言いながら帰ってきたのよ。膝《ひざ》が痛む季節だっていうのに、本当に孫バカなんですから」

「いらんことを言うな。真澄が気を遣うだろ」

祖父が怒ったような声を出す。照れているのだということは、いくら鈍い魚住にでもわかった。

「え。あの、すいません……じゃなくて……ありがとう」

たった二年いただけの血の繋《つな》がらない孫の来訪を、こんなに喜んでくれる人がいる。ひとりで家にいるより緊張するのは本当だが、それでも魚住は嬉《うれ》しかった。

祖母が席を外したのを見計らって、祖父が鮭の自慢を始める。

「脂ののった最高のを買ってきたぞ。明日は婆さんが粕汁《かすじる》を作ってくれる。一泊していくんだろう？」

「はい。お世話になります」

「なに言っとる。世話もなにも、ここはおまえの家なんだぞ。思うようにしたらいい。

好きな時に来て、好きな時に行け。行きたい時には……アメリカでもどこでも行けばいい。身体だけには気をつけてな」

留学話が具体的になってきたことは、年末に電話で祖母に報告していた。祖母も好きなようになさい、と言ってくれた。

「留学している間に、婆さんの葬式があっても帰らないでいいからな」

「そういうわけにはいきません」

「いいったらいい。でも、儂《わし》の葬式が先だったら帰ってきてやってくれ。……婆さんがひとりでは可哀相だ」

魚住はわかりましたとも言えずに、黙って屠蘇の酌をした。ふたりともいますぐにどうこうという病は抱えていない。それでも高齢である。絶対になにもないとは断言できない。アメリカに行くとなれば、少なくとも五年は滞在するつもりだった。

「……まだ、決めたわけじゃなくて」

「お行きなさいよ、真澄さん」

お重を持ってきた祖母が言う。ゴルゴがごまめを狙ってウロウロしている。

「風が吹いている時に、船をお出しなさい。背中を押す追い風を感じたら、それがタイミングなのよ」

追い風、なのだろうか。

身体的にはいいコンディションではない。

発作はいつ起きるかわからない。慣れた研究室を離れて、最前線のアメリカに行くことに不安がないわけもない。マリや、サリームや……久留米と遠く離れるのは、正直身を裂かれる思いだ。

でも。それでも。

行きたいと強く思っている自分を、感じているのも本当だった。いままでなにかを強く欲したことはない。これからもきっとそうなのではないかと思っていた。川の勢いに流される木の葉のように生きていくのだろうと……思っていた。

それでは嫌だと思い始めている。

魚になりたい。

小さな魚でいい。濁流に揉《も》まれ、岩に叩《たた》きつけられ、鱗《うろこ》と鰭《ひれ》を削りながら、どんなに不器用でもいいから自分の力で泳いでみたい。

留学して大丈夫かなと聞いた時、久留米は言った。

——知るかそんなこと。自分で考えろ。

行くなとは言わなかった。

言うはずもない。

留学は別れに近い。距離は恋愛を疲弊させる。ましてやなにを誓い合ったわけでもない。それはお互いわかっている。

長い時間をかけ、少しずつ距離が縮まり、やがて自分の一部のようになったあの男。

この先も、魚住は久留米をずっと好きだと思う。

久留米の気持ちが変わったとしても、勝手に好きでいる。それが久留米に伝わればこんなに嬉しいことはないが、もし伝わらなくても後悔はしない。……少し泣くかもしれないが。

追い風が吹く。

潮の流れが変わる。

小さな魚になって、川から海へ泳ぎだそう。

三が日が明けたら久留米に言う。

おれはアメリカに行くよ、と。

夏の子供

予備校の帰り、ふらりと立ち寄った書店で彼を見つけ——駒栄太一《こまえたいち》は驚いた。ページを捲《めく》ろうとしていた指が止まる。今月のトピックス記事のひとつ。大きな写真ではないが、ピントが綺麗《きれい》に合っている。

彼は、微笑んでいた。

斜め横を向いた顔、顎《あご》の優美なライン、柔らかそうな髪。記憶の中の姿と、ほとんど変わらない。唯一、縁のない眼鏡をかけているところだけが違う。それだけが時の流れを感じさせた。

七年……いや八年か。ちょっと待てよ、と太一は思う。

この人、いったい幾つなんだっけ？　確かあの時で二十七か八にはなっていたはず。

「駒栄、なに見てんの？」

友人が雑誌を覗《のぞ》き込む。さっきまでゲーム雑誌のコーナーにいたはずだが、いつの間にか隣に来ていた。近づく気配を悟れないほど、太一は記事に見入っていたらしい。

「『マンスリー・サイエンス』？　ああ、おまえ理系志望だったっけ。……おっ、この人かっこいいじゃん」

記事のヘッドラインを目で追いながら、友人が言った。

「アメリカから一時帰国？　免疫……ヒトメラノーマ？　さっぱりわかんねぇなぁ。この人、有名なのか？」

「これから、有名になるかもしれない。……昔の、知り合いなんだ」

ふうん、と呟《つぶや》いて、友人は別の雑誌を手に取った。芸能人の知り合いならともかく、科学者の知人では興味も湧かないのだろう。太一は記事を目でざっと読む。どうやら彼の研究は、免疫疾患の治療に今後大きく役立つ結果を引き出したらしい。

それはもちろんすごいが。

――それにしたって、若い。

襟に触れるまで伸びた髪のせいだろうか。お洒落《しゃれ》でというより、無精をしているだけの伸ばし方だった。写真は帰国して間もなく、ホテルのロビーで撮影されたらしい。目線はカメラに向いておらず、おそらくもっと離れた場所にいる誰かに向かって微笑んでいる。

「で、どういう知り合い？」

雑誌を棚に戻しながら友人が聞いた。少しは気になるようだ。

「世話に、なったんだ。昔」

「へー。昔っていつ？　どういう世話？」

「ずいぶん昔だよ。おれ、ちょっとコレ買ってくっから」

詳しく話す気はなかった。ごく個人的なことだし、話したところできっと上手《うま》くは伝わらない。

不思議な夏だった。

子供から、子供でも大人でもないものに変わる時期だった。

でもまだ子供でいたくて、なのに身体も心もまるで植物の蔓《つる》が伸びるように成長して、そのスピードが怖かった。強い風に押され、思春期のドアは勝手に開いてしまう。その向こうに広がる世界があまりにも大き過ぎて、太一は萎縮《いしゅく》していた。期待と諦《あきら》めに振り回され、どう歩けばいいのかわからなくなりかけていた。

彼と、その周囲の人たちが手を引いてくれた。

彼もまた、新しい世界に旅立とうとしていた八年前。

海。入道雲。

落雷の夜の、停電。

レジに向かって歩きながら、尻《しり》ポケットから財布を出す。財布の合皮が汗ばんだ手のひらにぺたりと張りつく。夕方になっても気温はあまり下がらないようだ。

あの夏、

太一は十歳だった。

「いやだね」

「太一くん、我が儘《まま》言わないで」

「いーやーだ」

「仕方ないでしょ、園長先生が急に入院されるなんて思ってもいなかったんだもの。お願いだから聞き分けよくして。もう四年生なんだから、わかるでしょ？」

関係ないと思った。

大人はよく、もうン年生なんだから、という言い方をする。だが太一にとってそれはまったく意味のないセリフだった。何年生になろうと、イヤなものはイヤなのだ。学年が上がれば聞き分けがよくなると勝手に思われても困る。

「ね、お願い。園長先生、心配してるよ。病院で太一くんのことばっかり言ってる」

「ひとりで、ここにいたっていいじゃんか。ちゃんと、ルスバンしてる」

我慢していることは、ほかにもたくさんある。これ以上気の進まないことをするのはごめんだった。

「だめよ、ここも工事の人が入るんだもの。とてもいられないわ。みんなのお部屋とかお風呂《ふろ》とか、綺麗にするの。だからこの間荷物の整頓《せいとん》したでしょ？」

「じゃ、園長先生んちでルスバンしてる」

膝《ひざ》を抱え頑《かたく》なに座り込む太一に、副園長が溜息《ためいき》をついた。水気が少なく、ツンツンとすぐに跳ねてしまう頭を撫《な》でられる。

「無理よ。奥様も病院につきっきりなんだもの……困ったなぁ……太一くん、どうしてそんなにフレンドホームが嫌なの？」

フレンドホームとは、東京都で行われている一時里親制度のことである。

児童養護施設にいる子供たちが、家庭生活を体験するために、夏休みや冬休みの短期間に一般家庭に預けられるシステムだ。ここ『あけぼの園』でも積極的に取り入れられているが、もちろん子供の意向が最優先である。嫌がる子を無理に預けたりはしない。

「ヤだから、ヤなんだよッ」

今回は施設内の改築工事が問題だった。フレンドホームを嫌う太一は、その間園長の自宅に滞在するはずだったのだが、頼みの園長が入院してしまったのだ。

「知らねー人ンちなんか、ヤなんだッ」

太一は、引き下がらなかった。

他人の家で寝起きすること自体、太一にはプレッシャーなのだ。中にはすぐに馴染《なじ》んで楽しく過ごす子供もいるが、太一はそうではない。いい子にしていないと、迷惑がかかる……そう考えるだけで息が詰まりそうになる。引っ込み思案ではないが、人見知りはするのが太一の性格だった。四年生にもなれば、敏感に大人たちの顔色を窺《うかが》うし、子供なりに気も遣う。親が身近で守ってくれない立場なら、なおさらだ。だが処世術は未熟なままなので、上手く立ち回れずにストレスをためる。

そのストレスを施設の大人に説明するのは難しい。

「太一くーん。お願いだからァ」

懇願されると弱かった。べつに副園長を困らせたいわけではないのだ。

「だって、会ったこともないヤツじゃんか」

そうなのである。

本来は一時里親とはいえ、事前に何度か施設を訪れるのが決まりだ。そこで子供と面会し、施設側からの説明も受ける。一定の条件もあり、それをクリアしていなければ一時里親になることはできない。

「園長先生のお知り合いだから心配はいらないのよ。ね、いらしてるんだから、会うだけでも会ってみよう？」

園長先生のことは大好きだし、信頼している太一だったが、それとこれとは話が別だった。プイと顔を背ける。

「子犬、連れてるよ？」

「……こいぬ？」

その言葉に、つい反応してしまった。

子犬。あの小さくて温かくて元気がよくて可愛い生き物。太一は動物が大好きである。爬虫類《はちゅう》も昆虫も、生き物はなんでも好きだったが、中でも犬は格別だった。

「うん。もらってきたばっかりなんですって。こぉんなにちっちゃい茶色い子。さっき見たんだけど、可愛いよぉ」

「…………」

見たかった。

その家に行くかどうかはともかく――子犬はすごく見たかった。

「犬だけ、見る」

口を尖《とが》らせたままそう言って、ようやく立ち上がった。

ちょうどキャンキャンと子犬特有の鳴き声が聞こえてきて、しぶしぶ動くはずだった太一は駆けださずにはいられなかった。

そして一時間後。

太一は車の後部座席に座っていた。まんまと嵌《は》められた感はあるが、つぶらな瞳《ひとみ》と濡《ぬ》れた鼻の誘惑には勝てなかった。

車に乗る寸前まで子犬と夢中で遊んでいたせいか眠たい。

子犬も疲れたらしく、太一の膝の上ですでに寝息を立てている。窓から、夏の強い光線が入ってくる。街路樹の切れ目ごとに明度が極端に変わるのが瞼《まぶた》の裏で感じ取れた。エンジンの振動が心地よい。うつらうつらする中、運転席と助手席の会話が聞こえる。

「準備、進んでんのか」

運転席の男だ。名前を聞いたがもう忘れてしまった。

「うん。……もう、マンションはほとんどカラだよ。大きな家具は業者に引き取ってもらった」

太一を迎えに来たほうが返事をする。名前は確か……ウオ……ナントカといった。でも太一が行く家は岸田。どうしてそうなるのか、一度説明されたが子犬に気を取られてほとんど聞いていなかった。

「あのマンション、おまえの持ちモンなんだと思ってたぜ。もう売却かかってんだろ？　甘くねぇな、世の中は」

運転手はぶっきらぼうな話し方をする。

さっきも太一に挨拶《あいさつ》もなく、「後ろに乗りな」と言っただけだった。背が高く、しかめっ面をしていて、あまり優しい印象ではない。

「うーん。まあ、不動産管理とか、おれ絶対できないし。アメリカに何年いるんだかもわかんないし。かえっていいのかも」

抑揚の小さい喋《しゃべ》り方は、聞いているとますます眠たくなってくる。こっちも背は高かったが、細くて動作もゆっくりで、全体的にぼんやりした印象の男だった。

「おれだっておまえに不動産管理ができるとは思っちゃいないけどよ」

車がカーブして、太一の身体も傾ぐ。子犬がピクンと動いた。

「久留米はいつまで会社の寮にいるの？」

ああ、そうだ。くるめだったと思い出す。太一はもう半分夢の中だ。

「本当は四月前に出なきゃまずかったんだよ。でもこの不景気で新入社員が少なくて部屋が余ってたからな。まあ、そろそろ探す。十一時にフロが落ちるってのが困るんだよ。

おれは下手すりゃ会社にいるっつーの」

そうか、とぼんやり男が返し、それからしばらくふたりは黙っていた。ラジオが交通情報を低く歌っている。

「このやせっぽちのガキは、いつまで預かるんだ？」

話題が自分のことになり、太一は眠りからスッと浮上する。目は閉じたままでいた。

「少なくとも施設の工事が終わるまではいてもらうよ。八月の半ば。太一くんがうちを気に入ってくれたら、夏休みいっぱいでもかまわない。けど、おれも下旬には向こうに発《た》つわけだから……長くて一か月かな、一緒にいられるのは」

「おまえ、子供好きだっけ？」

「いや、べつに。久留米は？」

「フツーだなぁ」

おれもきっと普通、とぼんやりが言う。

なんだよ、子供が好きでもないくせに預かろうってのかよ、と太一は少し不安になる。

「東研大付属病院で園長先生と偶然会わなかったら、こういうことにはならなかっただろうな。だいたい、おれ自身には里親資格ないんだもん。お祖父《じい》さんお祖母《ばあ》さんがすっごい乗り気なんだよ。あのふたりは、子供大好きみたい」

そうか、このぼんやりが里親ってわけじゃないんだなと納得した。道理で若過ぎると思ったのだ。

「犬も大好きなんだろ。あの子犬、どっからもらってきたんだ？」

「お祖母さんのカラオケ仲間の家から。子供は動物が好きだから、連れていけばって……

……大当たりだったなァ」

「犬だのガキだの……さぞかしさみしいんだな、おまえが行っちまうのが」

その言葉に、ぼんやりはそうだねと小さく答える。

そしてしばらく間をあけてから、

「おれも、さみしいよ。……すごく、すごく……たぶん、いま自分が想像しているより
もずっと……さみしくなると思う」

静かな声でそう言う。運転手はなにも答えなかった。

会話は途切れ、太一はまた眠りの淵《ふち》に沈む。

舗装の段差で車が揺れて、首がカクンと前に落ちた。ぼんやり男と園長先生ってどん
な知り合いなんだろう……そう疑問に思ったが、睡魔の前では思考回路も途切れがちだ。

「太一くん？　眠いなら犬預かろうか？」

ぼんやりに声をかけられ、太一は首を横に振った。眠くて声が出ない。

「わかったよ。おやすみ」

柔らかく言われて、安心する。

この小さな生き物は、自分のそばに置きたかった。薄く目を開いて子犬を確認する。

安心した顔で眠っていた。きっと太一の膝《ひざ》が好きなのだと思い、嬉《うれ》しくなる。

そのぬくもりを感じながら、今度こそ太一は本格的に眠り込んだ。


岸田家で太一を待っていたのは、厳格な顔をした「お祖父さん」と顔も声も仕草も優しい「お祖母さん」と、猫の「ゴルゴ」だった。家は古く、大きくはないが立派な日本家屋で小さな庭もある。玄関は打ち水でしっとりと濡れ、生け垣にはあさがおの蔓《つる》が巻きついている。施設の前は団地で育っていた太一には、ちょっとした異世界だ。

通された茶の間は窓が開け放たれ、冷房は入っていない。風が入るとはいえ太一には暑過ぎて、冷たい麦茶を一気に飲む。Tシャツの下の脇を、汗が流れていくのがわかったが「暑い」とは言えなかった。

「太一くん。日陰の畳にお座りなさい」

お祖母さんに言われて移動すると、濃い色の畳はひんやりしていて気持ちがいい。数分で汗が引いていく。

猫のゴルゴは台所の床で寝ている。名前のない子犬は水をもらっていた。

「楽にしなさい。必要なモノがあったら、儂《わし》でも婆さんにでも、なんでも言うといい」

お祖父さんは最初にそう言ったきり、あまり喋らない。ぼんやりも饒舌《じょうぜつ》ではないらしい。ずっと心の中でぼんやりと呼んでいたら、すっかり名前を忘れてしまった。お祖父さんはぼんやりのことを「ますみ」と呼ぶ。

茶の間のテレビはついていない。

静かだな、と思った。

こんな静かな家でやっていけるだろうかと少し不安になる。三日もすれば「うるさい子供だ」と咎《とが》められるのではないか。

寝る部屋は、ぼんやりと一緒の六畳間が与えられた。

運転手のくるめは太一とぼんやりを降ろすとさっさと帰ってしまい、何者なのかよくわからない。あとでぼんやりに聞いてみると、

「ともだち……っていうか……」

曖昧《あいまい》にそう答える。視線が泳いで、自分でも考えているようだった。変なの、と太一は思う。

鞄《かばん》から、着替えや夏休みの宿題を出す。ぼんやりが太一用に衣装ケースをひとつ渡してくれた。

「自分の物はこれにちゃんと整理整頓《せいとん》しておきなさい。……って、お祖母さんが」

そう言うぼんやりも同じような整頓箱を持っていた。なんだか妙な感じだ。この部屋はどう見ても客間で、ぼんやり自身の部屋ではないようである。ぐるりと見渡しても、

箪笥《たんす》と座卓、それに床の間しか目に入らない。どうやらプレステはなさそうだし、それ以前にテレビがない。

ゲームボーイを持ってきてよかったなと思った矢先、

「それ、ゲーム、お祖父さんの前でやると叱られるから気をつけな」

そうぼんやりに言われ、慌てて荷物の奥に隠した。

「なんで叱られンの」

「目が悪くなるって。おれ、この間叱られたばっかしだ」

「アンタ、ゲーム好きなの？」

「ううん。後輩が『たまには世俗に通じてください』って貸してくれただけ。なんか、おれ、下手だから……つまんなかった」

反射神経が乏しそうなので、かなり下手だろうなと太一も思う。

ぼんやりは声もぼそぼそしていて、ちょっと聞き取りにくい。小学生だったら、学校の先生にハキハキしなさいと注意されるに違いない。頼りなさそうだが、そのぶん大人独特の威圧感がない。太一があまり緊張を感じないのも、そのせいなのだろう。

「アンタ、なんで岸田じゃないの？」

「ああ。えーと、おれのお母さんはもともと岸田だったんだけど、結婚して魚住になったから」

そうだ。うおずみ、だ。今度は忘れないようにしようと太一は頭で繰り返す。

「ああ、キューセイってやつ」

「そうそう、それ」

魚住がコクコク頷《うなず》く。どうも大人と喋《しゃべ》っている気がしない。

「で、うおずみのお母さんは？」

「もう死んだよ」

「……ふうん」

太一の周りではよく聞く話だった。施設には両親と死に別れた子供もいる。一番数が多いのは、それぞれの事情で一時的に親と離れて暮らしている子供たちであり、太一もその中のひとりだ。

「犬の名前、どうする？」

「え？」

「あの子犬」

「おれが、つけていいの？」

うん、と魚住が微笑む。

その顔を見て、太一はやっと気がつく。この男は、よく見るとえらく整った顔をしている。そのへんの女の人よりよほど綺麗《きれい》だ。

「……ココア」

ミルクをたっぷり入れて作った、ココアのような毛色だと思ったのだ。

「美味《おい》しそうな名前だね」

「へんか？」

「すごくいいと思う」

子供に合わせて譲歩しているのではなく、本気で同意してくれている。そういうことは、顔を見ればわかる。太一は大人の顔色を窺《うかが》うことにかけては自信がある。

「ココア……。うん、可愛くて、美味しそうで、幸せな感じの名前だ」

褒められて太一は満足だった。このぼんやりしたうおずみは、悪いヤツじゃなさそうだと思う。何歳なのか知らないが、太一より頼りない雰囲気が気に入った。威張ったり、命令したり、暴力をふるったり、太一はそういう大人がなにより嫌いなのだ。

その夜はお祖母さん特製の、夏野菜のカレーライスを食べ、宿題の日記をつけ、魚住と布団を並べて寝た。疲れていて、夢は見なかった。

翌日、太一は魚住に連れられて大学に行った。大学生なのかと聞くと、大学院生なんだと答える。太一にはその差がよくわからない。

「どうちがうの」

夏休み中なので、大学構内は人が少なかった。魚住は木陰を選んで歩く。だから色が白いのだろうかなどと太一は考える。

「大学の続きが大学院」

「その続きは？」

「その続きは……ないなぁ。上手《うま》くいくと、博士《ドクター》かな？」

「それ、医者？」

「医者とは別のドクター。ハカセってやつ」

「へー。それ、もうかる？」

魚住は躊躇《ためら》わず、首を横に振った。

「儲《もう》かんない」

「じゃ、なんでうおずみは大学院に行ってんだよ？」

「好きだから、勉強が」

げえ、と太一は喉《のど》から汚い音を出した。

「勉強なんて、ゲロだぜ」

ほとんどの大人《ひと》が酷く嫌うその音とセリフに、魚住は動じなかった。

「でも、好きな勉強だけだもん。小学校みたいにまんべんなくするわけじゃない」

なら、ちょっとはいいかなと思い直す。

太一は理科と体育が好きだった。理科は実験が面白いし、体育は身体を動かせる。じっと座っているだけの科目は退屈でかなわない。

「おれね、きみくらいの頃、国語って苦手で」

中庭を抜けて、校舎の中に入りながら魚住が言った。空気が急にひんやりする。

「国語、つまんねー。イミわかんねー」

太一も同意した。通知表でも国語はいつも『もっと頑張りましょう』だ。

「そうなんだ。なんで国語なんてあるのかおれはすごく不思議だった。いまでもだけど。読み書きはまあ、ともかくとして」

階段を上るにつれ、あたりが薬品臭くなってくる。

「この文を書いた作者の気持ちをまとめなさい、とか言われても……おれは作者じゃないし、困るんだよねぇ」

本当に困惑顔で魚住が呟《つぶや》く。太一もよく同じことを考えていたので、ちょっと嬉《うれ》しくなった。だが口には出さない。

五階に到着し、魚住が所属している免疫学の研究室に通される。太一は免疫学がどんな学問なのか知らないが、白衣姿で顕微鏡を覗《のぞ》く人を見ただけでドキドキする。

午前中、魚住は忙しいらしく、代わりに伊東と名乗る男が太一の案内役になった。Tシャツにカーゴパンツ、その上に白衣を着た伊東は軽い調子のあんちゃんで、魚住の後輩なのだそうだ。

「ここなら、太一くんの自由研究のヒントになるようなものがあるんじゃないかな。魚住さんも午後には手が空くからさ。それまでは、おれになんでも聞いて?」

「……ふうん」

そう言われて、太一はどうして自分がここに連れてこられたのかをやっと理解した。宿題のことなど忘れていたかったので少しムッとしたが、二学期直前に慌てるのは確かに避けたい。けれど、自由研究のネタを探そうにも、そもそもここでなにを研究しているのかさっぱりわからない。

魚住を目で探すと、すでに白衣に着替えて別の学生たちに囲まれていた。

「魚住さぁん。ハイブリダイゼーションが上手くいきません」

「どうしても液が流出しちゃいます〜」

泣きついてくる学生たちに、落ち着いた声でアドバイスを与えている。

「チャンバーに並べる時、スライドガラスくっつけちゃダメだよ? あと、温度設定ちゃんと確認した?」

ぼんやり魚住はここでは頼りにされているらしい。ちょっと見直した。

部屋の隅にある机の前に座り、太一はきょろきょろとあたりを観察する。ビーカー、試験管、シャーレ。見慣れた器具もあるし、なにに使うのかさっぱりわからない機械もあった。

「ねえ。メンエキってなに?」

伊東に聞いてみる。言葉としては、聞き覚えがあった。物事に慣れていない時に「メンエキないからな」とか言う、あのメンエキなんだろうか。

「んーと、身体の中に自分以外のモノ、たとえば細菌とかウイルスとかが入った時に、それを追い出すためのしくみのことだよ。一番わかりやすいのはマクロファージかな。身体に入ってきた悪い奴らを食っちまうんだ」

「フーン。それを研究すると、ナンかいいことあんの？」

「あるんだ。えーと臓器移植ってわかる？」

「シンゾウとかカンゾウとか、病気でダメになっちゃった人が、死んだ人からもらうってやつ？」

一時期テレビのニュースで盛んに扱われていた記憶がある。だが詳しいことまではわからない。

「死んだ人とは限らないよ」

その声は背後からだった。紙コップに入ったコーラを持った、伊東や魚住よりさらに年上に見える男が立っている。太一の前にコーラを置いて「どうぞ」と言ってくれた。

「あ、すんません濱田さん。えっと、太一くん、このオジサンはね、」

「伊東くんちょっと待ちたまえ。オジサンはないだろう。僕はまだ三十路《みそじ》前半だぞ」

「でも濱田さん、太一くん十歳ですよ。十歳から見たら、すでに十分オジサンじゃないスかねえ」

「なんてことだ……ショックで白髪が出そうだ……」

本当はたいしてショックでもなさそうだった。濱田と呼ばれたその人は笑いながら太一の隣に腰掛ける。

「よく来たね太一くん。僕は魚住くんよりちょっとだけオジサンの濱田だ。よろしく」

「あ。……よろしく……あの、うおずみって何歳なの？」

「ああ、魚住くんって若く見えるんだよなぁ。ついこの間二十八になったとこだよ」

濱田が教えてくれた。伊東は小さな声で、

「ホント、見えないよな……学部生に交じっててもわかんねーもんなぁ」

とぼやく。だが太一には二十八という年齢に具体的な形がない。二十二も二十五も二十八も、あまり変わらない気がする。

「で、続きだけどね。臓器移植は生きている親子や兄弟、または他人の間でも行われているよ。亡くなった方からの移植は難しいし、脳死移植は日本ではまだ少ないんだ」

「イショクって、そんなにむつかしいの？　シンゾウとかは、なんか大変そうだけど」

濱田が白衣とその下のサマーセーターを捲《まく》って腕を出した。

「例えば僕が腕に人火傷《やけど》をしたとする。皮膚が焼けただれて、もう移植するしかない。そんな時、伊東くんが僕に皮膚を提供してくれたとする。さて、これは上手くくっつくだろうか？」

太一は考える。皮膚と皮膚。内臓を取り替えるよりは簡単そうだと思った。

「くっつくんじゃないの？」

濱田が自分の腕をぺちん、と叩《たた》く。

「残念ながら、くっつかない」

予想は外れてしまった。濱田がゆっくり、その理由を説明してくれる。

「一度はくっついたように見えるんだけど、結局剝《は》がれ落ちてしまう。なぜなら、僕の身体は、伊東くんの皮膚を『これは自分の皮膚じゃないからイヤだ』って思っちゃうんだね。自分以外のものを『異物』って呼ぶんだけど、その異物が身体に入ってくると、敵が来たんだと思って攻撃が始まる。それで、せっかく伊東くんがくれた皮膚は剝がれ落ちちゃう」

「あっ、なんかテレビで聞いたことある。キョゼツなんとか」

「そう、よく知ってるね。拒絶反応だ。つまり免疫っていうのは、自分と自分以外を見分けるしくみのことだね。これをいろいろと研究することによって、今度は逆に拒絶反応を抑える、つまり伊東くんの皮膚がちゃんとくっつくようになる薬が開発できるようになる。聞いたことがあるかな。免疫抑制剤と言うんだけど」

その言葉は知らなかった。太一は首を横に振る。

「ここでそういう薬を作っているわけじゃないけど、それに繫《つな》がる研究をしてるんだ」

皮膚がくっついたり、くっつかなかったりするメカニズムにそんな背景があるとは知らなかった。太一は素直に感心する。

「へー。なんか、もしかして、すげーこと？」

「すげーかな？　どうだろう伊東くん」

「いや、おれなんかはすげーってことないっスけど。魚住さんあたりはすげーことするんじゃないですかね、あっちで」

伊東の視線を追うと、ふたつのグループの間で働く魚住がいた。声が普段よりはっきりしている。難しそうな言葉や数字で指示を与え、学生たちを動かし、同時にパソコンを操作したりもする。

「あっちって？」

かと思うと、配線コードに躓《つまず》いて危うく転びそうになっている。

「魚住くんはアメリカに留学するんだよ」

「へー。あいつ、あんなぼんやりでエーゴしゃべれんのかなぁ……」

太一の言葉に、濱田と伊東が大笑いし、それに気づいた魚住がきょとんとした顔でこちらを見た。

午前中は、そんなふうに結構楽しかったのだ。顕微鏡でリンパ球を観察させてもらったり、免疫系のしくみをCGで見せてもらったりして、太一はちっとも退屈しなかった。現在進行形の実験について説明された時は、なにがなんだかさっぱりわからなかったが、小学生としてそれは当然である。

けれど、昼休み直前にあるものを見てしまってからは……もうダメだった。

「帰る！」

「太一くん、ちょ、ちょっと待って」

追いかけてくる伊東より先に部屋を出ようとして、ちょうど別室から戻ってきた魚住にぶつかった。

「わっ……太一くん？」

「おれ帰る！」

走りだそうとする太一のTシャツを摑《つか》み、魚住が「待って待って」と引っ張り寄せる。太一は同学年の中でも小柄なほうだ。いくら細い魚住でも大人の力には敵《かな》わない。

「どうしたの、急に。おれもう用事すんだから、お昼ご飯食べに行こうよ」

「やだ！　こんなとこきらいだ！　こんなとこで勉強してるヤツもだいッきらいだ！」

伊東がシマッタという表情で魚住を見ている。視線でことの次第を訊《たず》ねると、

「……灌流《かんりゅう》固定、見ちゃったんです……」

と顔をしかめた。

「あー。マウスか……」

　バタバタと暴れる太一を抱えたまま、魚住が呟《つぶや》く。仰向《あおむ》けに四肢を張りつけられ、腹を切り裂かれて心臓から固定液を流し込まれているマウスを、太一は見つけてしまったのである。子供に限らず、慣れていない人にはショックに違いない。

「太一くん、落ち着いて」

　伊東はそう言うが、無理な話だった。太一は興奮していた。はっきり見えた。うねうねとしたマウスの臓器。血色の心臓。そこに差し込まれた管。

　可哀相で、怖かった。

　暴れた拍子に魚住の脚を蹴《け》ってしまう。

「いてて……太一くん、痛いよ」

「そんくらいなんだよ！　あのネズミはもっと痛かったぞ！」

「いや麻酔してるから」

「マスイすればいいのかよ！」

　もはや泣き声になっていた。魚住や伊東が困っているのはわかったが、小動物にあんな惨《むご》い真似をすることが、太一には許せない。もし、自分があのネズミだったらと想像すると、背中が粟立《あわだ》つ。

「あんな、あんなふうにはりつけられて、お腹のなかみかきだされて、あのネズミだって、そんなことされるために生まれてきたわけじゃないじゃんか！」

「もっともだよなぁ……」

「魚住さん、なに同調してんですか。濱田さん、助けてくださいよ……」

少し離れた場所で様子を見ていた濱田が近寄ってきて、太一の顔の位置まで屈《かが》み込んだ。静かな声で太一を諭す。

「あのね。確かに、僕たちはたくさんのマウスやラットを実験に使っているけど、それは研究のためには仕方ないことなんだ。ちゃんと感謝して、供養もしてる」

「ならアンタがもしネズミに生まれて、ケンキュウのためだしクヨウもするって言われたら、ナットクして殺されるっての？」

濱田が言葉に詰まる。太一はさすがに疲れて、もう暴れてはいない。だが魚住は腕の力を緩めなかった。太一を羽交い締めに抱いたまま、

「そうなんだよなー。おれいっつも、実験用動物だけには生まれたくないと思うよ」

などと言ってのける。

「じゃあ、なんであんなことするんだよ！」

「うーん。マウス殺さないとできない実験がたくさんあって」

「ジッケンって、動物を殺してまでしなきゃいけないことなのかよ！」

「うん。そうだよ」

魚住は口調を変えもせずに答えた。

「おれにとって研究はとても大切なことだから。ラットやマウスの命を奪いながらでも、

しなきゃならないことだから」

　あまりにあっさり、かつきっぱり言われ、太一の声のトーンが落ちる。

「だ……って、ケンキュウしなきゃ死ぬってわけじゃ、ないじゃん」

　伊東がおずおずと口を出した。

「太一くん。マウスたちは可哀相だけど……そうやって研究して得た結果で、病気が治る人とか、死なずにすむ人もいるんだ」

　太一はカッとした。再び強く反発する。

「そのためならネズミはいくら殺してもいいのかよッ！　ネズミよりニンゲンのほうがエライのかよッ！　大事なのかよッ！」

　叫びながら、魚住の腕に爪を立てた。それでも魚住は太一を放さない。かなり痛いはずなのだが、その細い腕はずっと太一を抱え続けている。

「大事に決まってンじゃない！」

　問答無用の色を帯びた返答は、伊東からではなく、廊下のほうから聞こえてきた。張りのある、若い女の声だった。魚住に捕まったままで太一は振り向く。鮮やかなオレンジ色のタンクトップにブルージーンズ、髪に強いウエーブをあてた、やたらと派手な女性が、そこで仁王立ちしていた。

「人間よりネズミのほうが大切だったら、とんでもないことになっちゃうでしょーが！　はい、どいたどいた。んもー、暑いったらないわ！」

ドアを塞《ふさ》いでいた魚住と太一をシッシッとよけて、断りもせず研究室に入っていく。来客スペースに陣取り、

「伊東くん、麦茶！」

と指図した。はいっ、と伊東が飛んでいく。その姿を見た太一は、

「エライ人なのか……？」

こっそりとそう聞いてみた。魚住も首を傾げて濱田を見る。

「いや、おれの友達なんだけど……伊東くん、どうしたんです？」

「週末、ハコにされたんだよ。マリさんに三万の借金だ」

苦笑と共にそんな答えが返ってきた。

「ああ、マージャンか」

先に合点がいったのは太一だった。魚住はまだピンときていないらしい。

「そうそう。よく知ってるね、太一くん」

「よく、お父さんがうちでやってたから。弱いくせに好きで……負けるときまってお母さんをぶつんだ」

「ああ……そう。そうだったか」

濱田はそれきり「大変だったね」とも「お父さんも辛《つら》かったんだよ」とも言わなかった。ただ太一の髪をくしゃりと撫《な》でる。魚住はいまだ抱きかかえたままの太一をなおさらギュウと抱いた。うっとうしくて、身体を捩《よじ》り、やっと解放される。

怒りが、太一の中で中途半端になってしまった。それでもイライラは残っている。

マリさん、と呼ばれた女性を見る。彼女はスラリとした脚を組んで伊東の出した麦茶を一気に飲み干した。そして「ああ生き返った」と溜息《ためいき》をつく。女なのに、弱々しい雰囲気がちっともない。

――ちぇっ。ナマイキだ。

太一はそう思った。まだ話の決着がついていないのを思い出し、マリの前まで進む。誰かにケンカを売りたい気分だったが、魚住や伊東では相手にならない。

「なんで」

マリが太一を見た。真っ直ぐで強い視線に、太一は怯《ひる》まず続けた。

「なんで、ネズミよりニンゲンのほうがタイセツなんだよ。同じイキモノじゃないか」

「はあ？　同じじゃないわよ。ネズミは税金払わないし、学校に通わないし、核爆弾も作らないわ」

「そういうイミじゃなくて！　ネズミだってニンゲンと同じように生きてるんだから、むやみに殺したらいけないんじゃないのかって！」

「魚住、あんた無闇に殺してんの？」

「いや。決して、無闇では……ウン」

控えるように後ろに立つ魚住が、ぼそりと答える。

「無闇じゃないって言ってるわよ？」

「……ニンゲンが助かるためなら、ほかのイキモノになにしたっていいわけかよ？」

「いいか悪いかなんて、自分で考えて決めなさいよ」

「さっきアンタ、ニンゲンのほうが大事って言ったじゃないか！」

「だってあたし人間だもん！」

至極当然のことをマリは主張する。太一はその赤いくちびるが少し怖かった。母親はあんな強い色の口紅を、持っていなかった。

「人間のほうが大事よ。そりゃ、あたしがネズミだったらネズミのほうが大事だわ」

「それって、すげージコチューじゃん！」

必死に食らいつく太一の顔にマリの手がにゅっと伸びた。あっというまに鼻を摘《つま》まれてしまう。

「あのね、よく聞きなさいよ？　あたしがあたしを中心に据えて考えないで、誰があたしを守るっての？」

「ふがっ」

「ガンジーやマザー・テレサはともかく、人間ってのはたいていジコチューなもんなのよ。ジコチューばっかが集まって、なんとか折り合って生きていくのが人間社会ってもんなの！」

「ふぐっ、は、はなへよっ」

「マリちゃん、それ痛いよ。放してあげて」

魚住に言われ、マリがやっと太一の鼻を解放する。赤くなったそこを手で覆いながら、太一は二歩後ずさって魚住にぶつかり、しっかり受け止められた。

「太一くん、マリちゃんと論争するなんて勇気あるなぁ」

感心されてしまった。が、ちっとも嬉《うれ》しくない。

まだ言いたいことが胸の中にたくさんあるのに、太一はそれを上手《うま》く言葉にできない。自分が間違っているとは思えないのに、反論できなくて悔しい。くちびるを噛《か》んでいないと涙が滲《にじ》みそうだった。このくらいで泣くなんて、みっともなくて死んでもできない。

魚住の白衣を強く摑《つか》んで、太一は堪《た》えた。


……ちりん。

と、鳴った気がした。

風鈴の囁《ささや》きが遠く感じるのは、別のBGMが激しいからである。この家の裏手は狭い雑木林になっていて、東京では貴重な木々に大量の蟬が張りつき、シャウトをやめないのだ。

太一は座敷で昼寝をしていた。

葦簀《よしず》の隙間から入る風が、汗ばんだ肌をスィと冷やす。クーラーがないのにはもう慣れたし、どうしても暑ければ与えられた六畳間に逃げればいい。そっちには新しいエアコンが取りつけられている。

畳が自分の体温で熱くなると、ゴロリと移動する。また熱くなる。ゴロリ。途中でコアを下敷きにしそうになって慌てる。この子犬もよく眠る。

さらによく眠っているのが、もうひとり。

魚住である。

Tシャツに膝《ひざ》までのバミューダパンツ。小学生の太一と同じ格好で、頬に畳の跡をつけて寝ている。無防備に投げ出された腕が太一のすぐそばまできている。寝転がったまま、指先を観察する。爪の周りが荒れていた。実験で薬に触るせいかな、と想像する。閉じられた瞼《まぶた》はピクリとも動かない。睫毛《まつげ》がとても長い。昨晩遅くまでノートパソコンに向かっていたので寝不足なのだろう。

研究室に行った日の夜、太一は魚住に謝った。布団に入ってから、ごめんなさいと小さな声で言った。

「ん？　なにがごめんなさいなの？」

「せっかく、つれてってもらったのに……おれ、大さわぎして、ワガママ言った……」

ぼそぼそと詫《わ》びる。

フレンドファミリーに迷惑をかけることは、太一の中でかなりまずい失敗である。けれど魚住はいつもとまったく同じ調子で、

「べつに、太一くん悪くないよ」

と言ってくれた。

マウスのショックから立ち直れなかった太一は、午後早々に魚住と大学を引き上げたのだ。太一がせがんだわけではなく、魚住がそうしようと言いだした。ぼんやりしているようだが、太一の顔色や様子はちゃんと見ているらしい。もしかしたら鋭いのかもしれない。太一はだんだんわからなくなってきた。

わからないけれど、魚住のことは好きになってきた。帰り道にふたりでゲームソフトのショップに寄って、試用版で遊んだ。確かに魚住は問題外に下手だった。

玄関の引き戸が滑る音がする。

お祖母《ばあ》さんが買い物から戻ったのだろう。お祖父《じい》さんは囲碁の会の集まりに行って、夜遅くまで帰らないはずだ。お祖父さんが座敷にいる時は、太一も魚住もここまでだらけて昼寝などしない。

「ただいま。あら、お昼寝？」

「おかえんなさァい」

太一はむくりと起きあがったが魚住は微動だにしない。お祖母さんはその寝顔を覗《のぞ》き込んでうふふと笑う。

「太一くんが来てから、真澄さんも子供に戻ったみたいね。こんなのびのびとお昼寝してるの見たことないわ」

「そうなの？」

「ええ、真澄さんはここで育ったわけじゃないから、なんとなく遠慮してる感じなの」

「うおずみって、どこで育ったの？」

子犬が魚住より先に起きた。なにかを確かめるようにフンフンと自分の周りの畳を嗅《か》ぐ。覚束《おぼつか》ない足取りで魚住の顔のあたりまで移動して、また鼻を鳴らしている。

「聞いていないの？」

「うん」

「あら、じゃあ本人にお聞きなさいな」

「あの……言いたくないのかな、とか」

「そんなことはないわよ。たぶん、言うの忘れてるんじゃないかしら。そういうところ、あるのよ、真澄さんて」

買ってきたかき氷のアイスを並べながらお祖母さんは笑う。魚住も子犬にしつこく匂いを嗅がれて、ようやく目を覚ました。上半身を起こした途端に座卓に並ぶかき氷を見つけ、

「あ。おれ、イチゴ」

と言いながら頬を擦《こす》る。畳の跡が痒《かゆ》いのだろう。

「えー。おれもイチゴが好きなのにィ」

「あれ。それは……困った」

「真澄さん子供みたいねえ。でも、イチゴはふたつあるの。お祖父さんも好きだから」

「おじいさんの食べちゃうの、まずくない？」

太一の質問にお祖母さんが「なくなっちゃえばわかんないわ」と笑う。

それはそうだな、と太一と魚住はイチゴ味にありついた。お祖母さんは宇治金時を食べる。人間たちが動きだしたので、ココアもはしゃぎ始めた。だが氷はお腹をこわすからとお裾《すそ》分《わ》けにはあずかれない。

日が暮れて、早めの夕食を摂《と》った後、お祖母さんが太一と魚住に浴衣《ゆかた》を着つけてくれた。近所の神社で、夏祭りがあるのだ。

「大急ぎで誂《あつら》えてもらったの。まあ、太一くんはよく似合ってるわねぇ……真澄さんは……ふふ、あなたもっと太らなきゃ」

藍《あい》染めの浴衣を着た魚住は、なるほど似合うとは言えない。和装するには痩《や》せ過ぎなのだ。喉元《のどもと》をしきりに気にしている。

「これ……襟、ちょっとキツい…」

「男の人は喉仏《のどぼとけ》が隠れるくらいに合わせるものよ。ほうら、シャンとすれば苦しくないから」

背中をポンと叩《たた》かれ、魚住がウグ、と唸《うな》って姿勢を正した。

太一も見習う。顔はまったく似ていないのに、揃いの浴衣を着ていると兄弟のようで不思議だった。

「ゆっくり遊んできなさいな」

玄関まで見送られる。三和土《たたき》にいたゴルゴが羨《うらや》ましげにニャアと鳴く。下駄もちゃんと用意されていた。太一のも魚住のもまっさらである。足の裏に、素朴な木の感触が気持ちよい。

どんどこと太鼓の音が聞こえてくる。

「ねえ。なんで夏ってお祭りすんの」

歩きながら魚住に聞いたが、首を傾げて、

「わかんない。お盆と関係あんのかな？」

と逆に聞かれてしまった。

「お盆って、死んだ人が帰ってくるんだろ？」

「らしいね。おれ、会ったことないけど」

魚住は裾捌《すそさば》きに苦労しながら歩いている。太一の浴衣は、裾が短めに着つけてあるのでわりと楽だった。

「……あのさぁ。うおずみのお母さん、死んじゃったんでしょ？」

「うん。おれが高校生の時」

「おれはさ。お母さんも、お父さんも、まだ生きてんだけど」

「うん」

「いまちょっと、ユクエフメーでさ」

ちょっと、とは言ったがもう三年になる。最初の一年日、太一は泣いてばかりいた。二年目は怒ってばかりいた。三年経ったいま、大人の事情とかいうやつを考えるようになってきた。考えても、よくはわからないのだけれども。

「ケンカが、すごくてさ。お父さんが、あんまりぶつから、お母さん出ていっちゃったんだ。そりゃそうだよな、おれだってあんなにぶたれたら出ていくと思うもん」

わざわざ説明しなくても魚住は太一の事情を知っているのかもしれない。園から話は聞いているはずだ。それでも、自分の口から言っておきたかったのだ。魚住に直接、伝えたかったのだ。

「しばらくお父さんとふたりで。でもお父さんも、いなくなって。おれ、親戚《しんせき》とかいないから、園に入ったんだ」

いきなり、魚住が太一の手を握った。本当にいきなりだった。

「なんだよぅ」

「はぐれるといけないから」

「おれもう四年生だぞ。迷子になんかなんねーよ。はずかしいからやめろよ」

「いや、おれが迷子になる可能性があるの」

いつもより強い口調に、太一はその手を振り払うことができなくなる。

囃子《はやし》太鼓の音が近づく。

「ちぇ。みっともねーの」

浴衣姿の人たちとすれ違う。もう神社が近いのだ。

「……今日だけだぞ、こんなの」

うん、と魚住が頷《うなず》いた。屋台の連なる明かりを見て、

「綺麗《きれい》だね」

と、さして感慨もなさげに言う。

「うおずみ、お母さん死んでから、お父さんとくらしてたのか？」

「ううん。お父さんもお母さんもお兄ちゃんも、事故でいっぺんに死んだから」

「……うそ」

「本当」

「……じゃ、もしかしてその後、『あけぼの園』にいたの？　だから園長先生と知り合いだったのか？」

鳥居が赤く浮かんでいる。縁日は神社の境内の中へと続く。

「ん？　違うよ。おれはもともと孤児だったんだ。だから『あけぼの園』から、魚住の家に養子に行ったの」

「え、カゾクが死んじゃって、園に行ったんじゃないの？　じゅんばんヘンじゃん」

あ、そっか、と魚住が襟に指をかけながら太一を見た。首がやっぱり苦しいらしい。

とても細い首なのだが。

「ちゃんと説明してなかったんだっけ。あのね。おれは最初から孤児で、乳児院で育った後、『あけぼの園』に入ったの。三か所目の養子先のお母さんが、岸田のお祖父さんの娘ね。結婚してたから、姓は魚住。だけど、交通事故で死んじゃって、その後はお祖父さんが、おれの後見人になっててくれたわけ」

　いっぺんに言われた太一は混乱した。頭の中で整理してみる。つまり魚住は赤ん坊の頃に捨てられて→乳児院→あけぼの園→魚住家→交通事故で里親死亡。こういう人生を辿《たど》ったわけだろうか。太一はしばらく考え込む。園にはいろいろな事情を抱えた子供がいたが、最初から孤児、つまり捨て子というのはとても少ない。こういう場合、どんな言葉をかけてやればいいのだろうか。

「……アンタも苦労したんだ」

　なんだか、井戸端会議のおばちゃんみたいなセリフになってしまった。魚住が笑う。笑い事じゃないのだが、笑う。太一にはその気持ちがわかった。笑い事じゃなくても、笑うしかないことは、結構あるのだ。

　ソースの匂いが漂ってくる。さっき夕飯を食べたばかりなのに、屋台の食べ物は太一の胃を刺激してやまない。

「たこ焼き、好き？」

　聞かれて、強く頷く。

「あとさ。あんずあめと、金魚すくい」

いままでのフレンドファミリーにならい、絶対に言わなかったおねだりが自然に口をついて出る。

「おれ、ソースせんべい食べたいなァ」

「なにそれ？」

「えー、知らない？　梅ジャムとかも、もしかして知らない？」

知らない、と答えると魚住がジェネレーション・ギャップだなぁ、と呟《つぶや》く。意味はわからなかったが、なんとなく楽しくなる。

境内は思っていたより広く、ふたりは縁日の人波に呑《の》み込まれる。浴衣姿は主に女の子たちだった。魚の鰭《ひれ》のように袂《たもと》を揺らしてひらひらと練り歩く。魚住と一緒に金魚を掬《すく》う。魚住はまたしても下手くそだった。なにをやらせても不器用な男である。太一はすぐにコツを摑《つか》み、三匹掬い上げた。四匹目に欲が出て大きいのを狙ったら、紙は呆気《あっけ》なく破れてしまった。

結局、小さな赤いのが二匹と、ちょっと大きめの黒いの一匹が太一のものになる。

「ゴルゴに狙われるかな」

「うーん、名前からしてスナイパーだからなー。でもお祖母《ばあ》さんが大丈夫なとこに置いてくれるよ」

テキ屋のあんちゃんが透明なポリ袋に金魚を入れてくれる。

　これをぶら下げて歩くと、ものすごく縁日っぽくなって、太一はうきうきする。金魚掬いは小さな夢だった。これまでも機会はあったが、いつも諦《あきら》めていたのだ。園では、学校の飼育係になった時以外、勝手に生き物を持ち込んではいけない決まりだった。

　屋台をひと回りした後、魚住が帯に挟んだ携帯電話を取り出し、時間を見る。

「もう帰るの？」

「いや。待ち合わせしてるんだ」

「だれと」

「マリちゃんとサリームっていう友達。マリちゃんはこないだ研究室に来てたでしょ」

げっ、と思った。あの気の強そうな女かよ、と太一は顔をしかめる。

「仲直りしたいんだって、太一くんと」

「おれはべつにどーでもいいよー」

「でもマリちゃんはしたいんだって。なんかこの間は虫の居所が悪かったみたい。安岐さんとケンカでもしたのかな」

「アキさんって？」

「マリちゃんの恋人」

　あのキッツイ女とつきあう男がいるのかと驚いた。まあ顔は綺麗だったかもしれない。可愛くはなかった気がする。大人の女のよさについて、太一はまだよくわからない。

「もうひとりってガイジン？」

「うん。留学生なんだ。そろそろふたりとも来る頃だと思うんだけど……なんかここ電波があんまりよくないみたい。ちょっと境内の外に出てくる。太一くんどうする？」

「おれ、あれに並んで待っててていい？」

アンズ飴《あめ》の屋台の前に、数人の列ができていた。魚住はいいよ、と太一に五百円玉を握らせる。

「買えたら、ちゃんとここで待っててね」

「うん」

太一はさっそく屋台に走った。

アンズも好きだけどスモモも好きで、どっちにしようかなと迷う。アンズ、スモモ、アンズ、スモモ。心の中で節をつけて歌いながら列に並ぶ。振り返ると、魚住が、砂利に下駄の歯を取られてよろけているのが見えた。だいじょーぶかなァあいつ、と思う。

目の前をたくさんの人が行き交っている。

つやつやと赤いリンゴ飴を持った五歳くらいの子が、口じゅうをべたべたにして母親に叱られている。地元に馴染《なじ》んだ祭りなのだろう、家族連れの姿が多い。

やがて太一の順番がきて、大きいほうがいいやとスモモを選んだ。

右手にスモモ飴、左手に金魚。そして浴衣姿。

どこから見てもお祭りで楽しく遊ぶ子供だ。太一はなんだか得意な気分になる。早く魚住が戻ってこないかなと思いながら、通行人の邪魔にならない場所に避《よ》ける。

続いていたお囃了がふいにやんで、太一の耳に不思議な音色が聞こえてきた。笛かなぁ、と考える。

奉納舞いが始まった。

ランダムだった人の動きが、神楽《かぐら》舞台に向かってサァッと変わる。太一は石造りのベンチに座り、流れる人波を見ていた。

そして、一瞬視界に入った横顔に、弾《はじ》かれたように立ち上がる。

まさか、と思う暇もなく、足が勝手に動いた。

白地に青い、桔梗《ききょう》の浴衣《ゆかた》。薄い眉《まゆ》と、尖《とが》った鼻が似ていた。背格好もあれくらい。団扇《うちわ》で口元が隠れていたけど、でもうなじの線がそっくりで……太一の母親も、いつもあんなふうに髪をアップにしていたのだ。

こんなところにいるわけないとか、
そんな偶然があるはずないとか、
太一に考える余裕などなかった。もう関係ないとか、べつに待っていないとか、さみしくなんかないとか——時折口にしていた強がりは木っ端微塵《みじん》に砕ける。

お母さんに似てる。

お母さんかもしれない。

お母さん、
頭よりも、身体が欲している。皮膚が恋しがっている。

最後に抱きついたのは一年生の冬、蹲《うずくま》る母の腹部を蹴《け》り上げようとする父から守るためだった。小さ過ぎる自分の身体が恨めしかった。母を庇《かば》い、覆うには腕も脚も長さが足りなかった。

神楽見物の人込みに紛れて、桔梗柄の浴衣が消えてしまう。

気がつけば太一は、食べかけのスモモを持っていない。どこかに落としたのだろう。金魚はちゃんと持っていたが、ポリ袋の水がかなり減っていた。走った時に零《こぼ》したのだ。

人垣をかきわけ、あちこちにぶつかりながら桔梗を探す。

無遠慮な子供に大人たちは舌を鳴らす。意地悪な手が、身体が、太一の進行を阻む。前のほうにはどうしても進めない。

あっちにいるかもしれないのに。

お母さんがいるかもしれないのに。

もう少し、背が高かったらと思う。

太一は奉納舞いが終わるのを待った。人垣がばらければまた探せると思った。その間も、じっと目を凝らし続ける。

篳篥《ひちりき》の高い音が夜空に溶け、舞いが終わったのは十五分ほどしてからだった。再び、人の流れが四方八方に散らばる。どちらに狙いを定めればいいのかわからなくて、太一は慌てた。足の指の間が痛い。下駄の鼻緒で擦《こす》れたのだ。それでも走った。一番人の多い波、その中にあの桔梗を見つけたからだ。

「待って」

なんで下駄ってこんなに重たいんだろう。太一はお祖母さんを少し恨んだ。

「待って、お母さん、待って！」

もう少し。

もう少しで届くという時。

太一は高校生くらいの少年とぶつかって転んだ。

うぜーよ、ガキ、と言い捨てて高校生はそのまま歩いていく。膝《ひざ》と両手をついた太一は、痛みも忘れてすぐに顔を上げた。

母を見失わないように。

「きみ、大丈夫？」

浴衣の女性が、屈《かが》み込んで目の前にいた。

桔梗の柄だった。

「ア、金魚、みんな出ちゃったねぇ」

砂利が手のひらに食い込む。下を見ると、ポリ袋は破け、三匹の小さな金魚が小さく跳ねていた。

「膝、擦りむいたんじゃない？　あたしバンソコ持ってるよォ。ホラ、下駄の鼻緒ってすぐ痛くなるじゃん？」

違った。

お母さんじゃ、なかった。

「……へいき」

「ほんとにー？」

どうして見間違ったのだろうと自分で呆《あき》れるくらい、似ていない。

彼女は太一の母よりずっと若かった。まだ二十歳そこそこであろう。連れの男も同じように若い。

「うん、へいき……あ、金魚」

横顔はあんなに似ていたのに。

「もうダメだよ。死んでるモン」

……お母さんじゃ、なかった。

太一は動かなくなった金魚を拾い集めた。死んだ魚の感触は、手のひらでぬるりと不気味だ。立ち上がって片手で浴衣を軽く叩《たた》く。膝から血が滲《にじ》んでいるのがわかったが、気がつかないふりをした。

「人多いから、走っちゃだめだよォ？」

「うん」

ああ、鼻がちょっとだけ似ているかな。太一はそう思った。そうでも思わないと、なんだか泣けてきそうだった。

去っていく桔梗を見送る。

軽く握った手の中で、金魚が一匹、びちんと跳ねた。断末魔の痙攣《けいれん》だったのだろう。

おれ、なにしてんだろ。

奥歯を嚙《か》みしめて、人込みから抜け出た。一歩動くたびに鼻緒で擦れた指の股《また》がじんじんと痛む。

手水《ちょうず》の裏の、大きな銀杏《いちょう》の木に寄りかかって下駄を脱ぐ。指の間の皮がずるりと剝《む》けていた。魚住と離れてからどれくらい経っているのかわからない。心配して、探しているだろうか。

こわごわ、手のひらを開く。

死んだ金魚が三匹。すでに生臭い異臭がし始めている。

ぐったりとしている、赤い魚、黒い魚。

「う」

嗚咽《おえつ》が漏れる。

なんでこうなってしまうのかわからない。なにがいけなかったんだろう。ちょっと前までとても楽しかったはずなのに。これだからイヤなんだ、と思う。突然変わってしまう。なにもかもが突然だ。お父さんはある日突然お母さんを殴るようになったし、お母さんはある日突然いなくなってしまった。

……うそだ。本当は気がついていた。

少しずつ、日を追って悪くなっていく父親の機嫌。

仕事が、失業手当てが、借金がどうのこうのと低い声で話す両親。酔った父に怒鳴られる母親。かろうじて、寸前で止まっていた拳《こぶし》。

でも知らないふりをしていた。

気がついてなんかいないと、自分に言い聞かせていた。

いつかぎりぎりの均衡が崩れて、太一の目の前で砕け散る予感。そんなことはない、大丈夫だ、もう少しすれば落ち着くんだという願い。両方を細い腕で抱えたまま、右往左往して、なんの役にも立たない子供だった太一は、結局捨てられた。

弱いのは、子供だから仕方がない。

そう言うのはいつも余裕のある大人で、当事者の子供だった太一は、弱くて小さくて無力な自分が憎かった。悔しくて、悲しかった。

はりつけにされたマウス。

きっとあのマウスより、自分は役立たずだ。難しい実験のために死んでいくマウスは、いつか世の中の役に立つ。太一は、なにもできない。世界は広過ぎて、どこへ歩いていけばいいのかもわからない。『あけぼの園』にいても、園長先生の家にいても、どの町にいても、岸田家にいても……それは太一の居場所ではない。

縁日の暖かい明かりが滲む。

涙でぼやけてまわりがよく見えない。いま瞬きをしたら泣いてしまう。泣いたら負けだと誰かが言っていた。だけど、なにに負けるというのだろう。

なにに勝つために、生きているというのだろう。

「あっ、いた～」

誰かが小走りに歩み寄ってきた。我慢できなくてぱちりとひとつ瞬きをすると、たまっていた温かい水が目尻《めじり》から流れる。

それは頰を滑り、浴衣《ゆかた》の襟にぽつ、と落ちた。

「あらら。なにベソかいてんのよあんた」

マリだった。

大きな向日葵《ひまわり》の柄のワンピースを着ている。黄色が綺麗《きれい》だと太一は思う。泣いている恥ずかしさは、なぜか感じなかった。マリの後ろに、浅黒い肌をして、あきらかに外国人とわかる青年もいる。魚住が言っていた留学生だろう。

「うん？　さては転んだわね？」

浴衣の汚れに気がついて、マリが屈み込む。自分のスカートの裾《すそ》が汚れることを厭《いと》わず、太一の脚を調べる。膝から流れた血が、脛《すね》まで一筋下りてきていた。

「まだ泥ついてる。ほら、洗お」

手を引かれて、手水の前に連れていかれた。柄杓《ひしやく》で水を掬《すく》い、傷を優しく、だがしっかりと洗い流してくれる。

「本当はお清めのための水なんだけど、神様はこれっくらいで文句言いやしないわ。あら、足の指も痛そォ」

冷たい水が傷を清めていく。傷そのものは、そんなに痛くはなかった。

「マリさん。小さいタオルありますよ」

痛いのは別の場所だ。

「ありがとサリーム。太一、足上げな」

清潔なタオルで足を拭《ふ》かれる。太一の拳が震えているのにマリが気がつく。

「あんた、なに持ってんの？」

「…………」

答えようとしたのに声が出ない。黙って手のひらを開ける。マリとサリームが覗《のぞ》き込んで「金魚？」と同時に言った。

また涙が溢《あふ》れてきた。こうなってしまうと、もう止めたくても止まらないのだ。太一は急に恥ずかしくなった。泣いていることがではない。実験用マウスを殺すことをあんなに否定したくせに、いま自分は小さな命を無駄に殺したのだ。

ほかのことに気を取られ、必要な水を魚たちから奪って、金魚を殺したのだ。

「ああ、転んだ時に流しちゃったのね」

「……おれ……殺し……金魚……」

「はいはい泣かない。死んじゃったもんはしょーがないわよ。べつに金魚は化けてでやしないって」

マリが太一の手のひらにいた金魚を、自分のハンカチに包み、また太一の手に戻す。

「ほれ、あとで埋めてやんなさい」

「おれが……転ばなきゃ、死ななかった」

「わざとじゃないんでしょ」

「でも、おれが殺したんだ」

マリが辟易《へきえき》した顔でなにか言いかけ、言葉を発することのないままサリームを見た。

サリームは太一に近づき、流暢《りゅうちょう》な日本語で静かに話しかける。

「僕も子供の頃、可愛がっていた小鳥を死なせてしまいました」

大きな目の人だなぁ、と思った。外国人に慣れていない太一は、少しだけ怖かったけれど「ほんと？」と聞いた。

マリは絆創膏《ばんそうこう》を取り出し、太一の膝《ひざ》に貼りつけている。

「ええ。いまだに心の痛む思い出です。酷《ひど》いことをしたんですよ」

「……どんな……？」

サリームはフーと息をついてから、決心したように一気に言った。

「七歳の時だったかな。綺麗なエメラルド色をした手乗りインコが僕のお気に入りでした。飛べないように羽根の一部を切ってましてね、毎日一緒に遊んでいた。でもある日、籠《かご》を開けてあるのに気がつかなくて……僕はね、太一くん。自分で自分の小鳥を、踏んづけてしまったんですよ」

太一は思わず足の指をぎゅっと縮めた。

まるで自分が小鳥を踏んだかのような感触が走ったのだ。温かな羽根と、柔らかな肉。

「ふ……ふんじゃったの……？」

「ええ。後ろからチョンチョン、とついてきていたのに、気がつかなかったんです。もう、ショックで……僕は悲しみに打ちひしがれて自分を責めましたよ。とても可愛がっていたのに」

それは、かなり辛《つら》い話だと太一は思った。小鳥だって、優しい飼い主に踏まれるとは思っていなかっただろう。金魚より、悲しいかもしれない。

なのに横で聞いているマリは、あろうことかククと笑いを零《こぼ》している。

「あ。ほら、マリさんはいつもこの話をすると笑うんですよ」

「だって……いや、小鳥は可哀相なんだけど……チビのサリームを想像すると可愛くって、可哀相で、でもやっぱなんか……クハハ……」

「また笑ってる。酷い人です」

太一の足の指にも絆創膏を巻きつけながら、マリはどうしても笑いを抑えられないらしい。そんなマリに対し、サリームも本気で抗議しているわけではない。その証拠に顔つきはいたって穏やかだ。

「それでね太一くん、僕は小鳥を殺してしまったことが怖くて、しばらく誰にも言えなかったんです。でも黙っているともっともっと苦しくなってしまって、自分のお祖母《ばあ》さんに告白したんですよ」

「……ふんづけて殺しちゃったって？」

サリームが頷《うなず》く。

「お祖母さんは、僕を叱りませんでした。次に飼う時は、小鳥より後ろを歩きなさいって、それだけ」

「おこられなかったの？」

「ええ。誰にも、怒られませんでしたよ」

生き物を殺すことは悪いことなのに、怒られないのはおかしいのではないかと太一は思う。でも太一も怒られたくはない。

怒られなくても、こんなに悲しいんだから、もういいのだろうか。

この悲しみが、すでに罰なのだろうか。

マリが傷の手当てを終えて立ち上がった。スカートがふわりと揺れて向日葵が踊る。

「ハイ、これで歩けるでしょ。さあ、魚住待ってるから行くわよ」

「あ、そうだ、魚がないと。魚住さん大丈夫でしょうか」

「薬飲んだから落ち着いてるはずだけど……。ほら、行くよ太一」

いつのまにか呼びすてにされているのに気がついた太一だったが、文句を言う暇もない。三人は急ぎ足で屋台の間を抜けていく。

はぐれる前に太一が座っていたベンチまで戻った。

そこで魚住が項垂《うなだ》れ、両手で顔を覆うようにして腰掛けている。

泣いているように見えて、太一の鼓動が速まった。

「魚住さん、太一くん見つかりましたよ」

サリームの言葉に弾《はじ》かれたように、白い顔を上げる。

泣いてはいない。

眉根《まゆね》が寄って苦しそうな顔だ。いつもぼやんとしている魚住だけに、太一から見ても痛々しい表情だった。そんなに心配をかけてしまったのだろうか。

「よかった」

呟《つぶや》いて、魚住は手を伸ばした。太一はその手を取り、隣に座る。

「ごめん。おれ、いなくなっちゃって……あの……だいじょぶか？」

近くで見ると、くちびるから血の気が失せているのがよくわかる。

「うん、もうだいぶ治まったから。ちょっと気が動転しちゃって……」

「ごめん、なさい……」

「ああ、太一くんのせいじゃないよ。これは……持病なんだ」

そういえば、魚住が食後に薬を飲んでいるのを見たことがあった。そんなに悪いのだろうか。太一の中で心配が膨らむ。

「し、心臓とか？」

「いや。なんていうか……心の病気」

心の病気。

それについて、太一は少しだけ知っていた。

園に最近入ってきた中に、喋《しゃべ》れない子がいたのだが、その子は喉《のど》や口はなんともない。身体ではなく、心が病気になってしまったのだと園長先生が説明していた。魚住の病気とは違うのだろうが、同じ心の病気だから、似ているかもしれない。

だから、園長先生の言葉を真似てみた。

「ちゃんと、なおるんだって」

それで、魚住が少しでも元気になればいいなと思って言ってみた。

「時間はかかるかもしれないけど、心の病気もちゃんとなおるんだってよ、うおずみ」

魚住はしばらく太一を見つめたまま、動かなかった。睫毛《まつげ》が震えているのがわかるくらいの至近距離だった。握られた太一の手が痛くなってくる。それくらい強く握られている。けれど太一は痛いよとは言わなかった。

やがて魚住は優しく笑い、ウン、と答える。そして、

「あれ。なに持ってるの？」

ハンカチ包みに気づいて問う。太一は身体を竦《すく》ませて、それでも正直に答えた。

「……金魚、死んじゃった……ごめんなさい」

「転んじゃったんですって。膝小僧《ひざこぞう》も擦りむいてるのよこの子」

マリにそう聞いて、魚住は太一の浴衣《ゆかた》の裾《すそ》を少し捲《まく》り上げた。

「あれぇ。痛そうだ……下駄って歩きにくいもんね」

「ううん。走っちゃったんだ」

「走った？」

「うん。お母さんに、似てる人がいて……よく見たら似てなかったんだけど……おっかけて、走って、転んだ」

魚住の瞳《ひとみ》が、ゆら、と揺れる。

「そうか。それで、転んだのか」

「ごめんなさい。金魚、殺しちゃって」

「いいんだよ。太一くんがちゃんと帰ってきたからいいんだ。金魚より、太一くんのほうが大事だ」

また、ゆらりと……今度は太一の心が揺れた。

心臓の場所はだいたいわかるが『心』の場所を太一は知らない。

それでもいま揺れたのは心だとはっきり感じた。それは心臓より、もっと奥深いところにあって、小さな鈴や風鈴にも似ている。

揺れて、チリンと鳴くのだ。

「……おれのほうが、大事？」

「大事だよ。金魚より、ずっと」

金魚より、太一が大事。

金魚の命より、太一が帰ってくることのほうが大事。

心の鈴が鳴る。

たくさん揺れて鳴る。

嬉《うれ》しいのに、涙ぐみそうで太一はとても困ってしまう。金魚が可哀相だ。マウスも可哀相だ。あの無力で小さな生き物たち。

ごめんねと心の中で詫《わ》びた。

おまえたちより大事だと言われて、こんなに嬉しいなんてごめんね。

涙を堪《こら》える太一に、マリがあえて明るい調子で声をかけてくれる。

「太一、サリームを案内してあげてよ。屋台の説明してほしいんだって。あたしは魚住とここで待ってるから」

「お願いできますか？　太一くん」

ズッと洟《はな》を啜《すす》って「ウン」と答えた。

泣くのを我慢してても鼻水が出てしまうのが悔しい。たぶん魚住はまだ休んでいたほうがいいのだろう。マリがついているなら心配はない。太一はベンチから立ち上がり、サリームと手を繋《つな》いだ。サリームが迷子にならないように、だ。

「重曹で膨らませる不思議なクッキーがあると聞いたのですが」

「ええ？　なにそれ？」

「カラメル焼きとかなんとか」

「カルメ焼きじゃん？　クッキーとはチガウと思うけどなぁ……あっちにあったよ」

サリームと並んで歩きながら、太一は甘い匂いを探し始めた。


八月に入り、じりじりと暑さが増してきた。

朝と昼に撒《ま》く水もすぐに蒸発してしまう。玄関先の打ち水は、太一の仕事だ。

太一はいままでのどのフレンドホームより岸田家が気に入っていた。お祖母《ばあ》さんのご飯は美味《おい》しいうえに、どうしても嫌いなものは無理して食べる必要はないと言ってくれる。そう言われると普段は食べないものも、一応チャレンジしてみようかなと思ったりする。

ピーマンの肉詰めも、いつもは中身の挽肉《ひきにく》だけを食べるのに、思い切って嚙《か》みついてみたらなんてことはなかったし、お祖母さんはすごく喜んでくれた。

無口なお祖父《じい》さんは、唐突な行動が多い。ある日突然高価なゲーム機を買ってきて、テレビに繋げたりしている。魚住に、

「あ。おれのことは叱ったのに〜」

と文句を言われ、

「儂《わし》が囲碁ゲームをするんだ」

などと無理な言い訳をする。

だが一緒に買ってあったのは、太一が熱心にCMを見ていたソフトなのだ。ゲームは一日、午前と午後で一時間ずつ、と約束を決めた。滞在してる間に終わらなかったらどうするのと聞いたら、園に戻ってからもいつでも遊びに来ればいいと言ってくれた。

ゴルゴはマイペースであまり太一と遊んでくれない。魚住は気に入られているようで、よく纏《まと》わりつかれている。

ココアと太一はすっかり一心同体だ。魚住に用事がある日は、ほとんどココアと一緒に遊んでいる。お祖母さんは日に一度、太一とココアを河原に連れていってくれる。そして、

「うちには元気な子犬が二匹」

と笑うのだ。

遠出をしなくても、太一には十分楽しい日が続いていた。入院している園長先生が気になったが、魚住の話では容態は安定していて、八月中に退院できるそうだ。

楽しみは尽きない。

今度の提案はビッグ・イベントだった。

「海に、行く?」

魚住に聞かれ、速攻で頷《うなず》いた。

太一は臨海学校で、一度だけ海水浴に行ったことがある。波に巻き込まれて身体が回転した時はかなりしょっぱい思いをしたが、それすらとても楽しかった。その後はプールでしか泳いでいない。あの広さが恋しかった。

「ねえねえ！　泳げる海？」

「ウン泳げる。久留米の会社の保養施設が太海《ふとみ》っていうところにあるんだ。そこが一泊取れたんだって」

「じゃ、くるめも一緒に行くの？」

「そう。マリちゃんとサリームも一緒だけど、平気？」

全然平気、と答えた。サリームとは縁日ですっかり仲良くなったし、マリがただの意地悪女ではないこともわかった。いまの太一にとってちょっと怖いのは、むしろ久留米である。初日に見たきりなのだ。でも魚住がいれば大丈夫だと思った。いつのまにか、このぼんやりは、太一の中で最も信頼できる大人のひとりになっていた。

当日、渋滞を考慮して早朝の四時に出発する。

前の晩にお祖母さんが作ってくれたおにぎりを持っていく。太一の大好きな梅オカカは三角。魚住の好きな塩鮭は丸いおにぎりだ。

「ちくしょう、眠いぜ」

迎えに来た久留米の第一声はそれだった。太一が慌て気味に頭を下げると「おう」と短い返事をよこす。

「わ、なんかでっかい車だね」

「レンタカーだけど、七人乗れるんだって」

「あの人の車じゃないんだ」

「久留米は車持ってないよ。そういえば、なんで買わないの？」

煙草を消し、エンジンをかけながら仏頂面が「金ねえっつーの」と答える。そっか、と魚住が呟《つぶや》き、車が出発する。

この後マリとサリームを拾って房総《ぼうそう》半島に向かう。ココアも連れていきたかったのだが、まだ小さいので、もしも波に攫《さら》われたら大変だと諦《あきら》めた。

どうも太一は、車に乗ると睡魔が訪れる質《たち》らしい。しかも昨晩は興奮してほとんど眠れていない。早くも膨らませた浮き輪を抱きしめたまま、後ろの座席で半分眠りかけていた。それでも魚住と久留米の会話が、輪郭を曖昧《あいまい》にして耳に入ってくる。

「あのさ久留米……車って……高いよね」

「ピンキリだろ。まあ、どうしても買えねえってんでもないけどな。駐車場代がバカになんない」

「サラリーマンの給料って……いくらくらいなのかな」

「だからそれもピンキリだって。おれだって残業代がまともにつきゃ、車の維持費くらいは出るけどなぁ」

「……お金も、アレだし……休みだって、あんま、取れないよな、やっぱし……」

しばらく、久留米は返事をしなかった。太一が八割がた眠りかけた頃、

「――取る気になりゃ、休みは取れる」

ぼそりと答える。

「航空券だって……最近はディスカウントチケットとか、ある」

浅い眠りに漂いながら、そういえば魚住はアメリカに行くんだっけと太一は思い出した。けれどもう眠たくて、会話がだんだん聞こえなくなってくる。

「あのな魚住。……が……なら、おれだって……るぞ」

「そりゃ……て……に決まって……何年……どうな……だろ」

「そん……ったって……なわけ……ろ」

「…………なんて……かんないよ。くる……としても、おれは…………ないもん」

少し口論めいてきたようだ。

珍しい、と思った。魚住は滅多に口調を荒くはしないのに。

「バカヤロ」

「どうせバカだよ」

拗《す》ねた魚住の声を最後に、ふたりは黙ってしまった。

あーあ、ケンカなんかしちゃダメじゃん……太一はそう思ったが、次の瞬間にはもう口を開けて寝てしまった。そこからマリが乗り込むまではすっかり夢の中で、ふたりの諍《いさか》いがどうなったのかは謎のままだった。

絵ハガキにしたくなるような入道雲が、もくもくと青空に湧いている。

海の色も空の色も太一の持っている絵の具などでは表しようもない、光の粒子を抱いたブルーだ。

早朝に出たのは正解で、ほとんど渋滞に巻き込まれることなく到着した。

ホテルの部屋に荷物を置き、太一は海に駆けだす。ホテル前の坂道を下れば、すぐに海水浴場になっている。後ろからマリが、

「また転ぶわよォ」

と叫んだが、太一の足は誰にも止められなかった。

夏の海が呼んでいる。

波の砕ける声で、早くおいでと誘いをかける。

潮の香りが太一を急《せ》かす。浮き輪を抱え、ビーチサンダルを履いたまま、波打ち際まで一気に走った。慌てて追ってきたのはサリームだ。

「太一くん、そのまま入ったらサンダルが流されちゃいますよ」

「つめてーッ。ひゃはは、波がくすぐったーい！　あっ、ほら、ヤドカリ！」

大人の意見が入り込む余地もない太一は、その場でばしゃばしゃと足踏みをしてヤドカリを脅かす。巻き貝の中に引っ込んで、ヤドカリは迷惑な飛沫《しぶき》をやり過ごした。

「深いところに行っちゃだめですよ」

「うんっ」

サリームにサンダルを預け、太一は海に入っていった。

治りかけた膝《ひざ》に海水が染みる。その痛みすらなんだか嬉《うれ》しい。

浜を振り返ると、魚住とサリームが手を振っている。太一も左手で浮き輪にしがみつき、右腕で大きく振り返した。久留米はビーチパラソルを立てるための穴をスコップで掘っている。マリはもうビールを開けていた。

海中は気持ちよくて、楽しい。

だが波が高くなったり、クラゲに遭遇してしまったり、深い場所にうっかり流されたり……そんな時は突然怖くなる。子供の自分ではまったく歯が立たないと思い知る。

だから、浜で見ていてくれる人がいると、とても安心だった。

あのふたつ並んだパラソルの下で、四人の大人が自分をちゃんと見守っている。

親じゃないし、親戚《しんせき》でもないし、まったくの他人なんだけれども、なぜか太一を見ていてくれる。

波に身体が揺られる。

フワン、とする浮遊感が楽しくて、太一はひとりでケラケラ笑ってしまう。両手両足をバタつかせて波間を進み、はりきり過ぎて少し疲れた。脱力して漂いながら空を見ていたら、突然足を引っ張られる。

「ひゃっ！」

思わず浮き輪にしがみつくと、海中からイタズラをしかけた相手が浮かび上がってくる。一瞬、ゴーグルで誰なのかわからなかった。

「なに慌ててんだ。泳げないのか？」

久留米だ。

「が、学校では三級だぞ！」

「三級って何メートルだよ」

ゴーグルを上げた久留米は、大きな手のひらで濡《ぬ》れた前髪を掻《か》き上げる。

「クロールと、平泳ぎで二十五メートル」

「へー。なかなかのもんだ。でもま、海とプールじゃ違うからな」

そう言いながら仰《あおむ》向けに浮かび、気持ちよさそうな溜息《ためいき》をつく。

海に慣れている感じだった。青空に晒《さら》された胸も腹も、大人の男の筋肉が綺《き》麗《れい》についていて、ちょっとカッコイイじゃんと太一は思う。

「アンタ、泳ぎ上手《うま》いの？」

「海の近くで育ったからな」

「なんメートルくらい？」

「バーカ。キロだよ、おれの単位は」

すげえ、と太一は感心してしまった。一キロが千メートルだから、プールを何往復することになるんだろう。すぐに計算できないくらいたくさんだ。

「海で泳ぐにはコツがいるんだ」

「どんな？」

「波を読む。波に逆らうと体力を消耗するだろ？　どうしても波に逆らって泳がなきゃならない時は、少し潜って進むほうがいい」

「おれ、あんまもぐれない。カラダがどうしても浮かんできちゃうんだよ」

「教えてやるよ。あの三人はアテになんねーからなァ」

そういえば、魚住と水着を買いに行った時、泳げるのかと聞いたら「……浮ける」という返事だった。

「サリームとマリは泳げないの？」

「サリームは海で泳いだ経験は少ないって言ってたな。マリは結構泳げるけど、今年は焼かないって言い張ってるから、パラソルの下から出てくるかどうか。魚住は……」

眩《まぶ》しそうに浜を眺めながら、久留米が言葉を切る。

「うおずみは泳げないんだろ？」

「え？　ああ、そうらしいな。あいつは肌も弱いから、焼くと真っ赤になるだろうし」

「おばあさんが日やけ止め、もたせてくれた！」

自慢げに言うと、そうか、と久留米が笑った。初めて見る久留米の笑顔は、思っていたよりずっと感じがよかった。

「あの家、好きか」

「うん。好きだよ。だってさ、おじいさんもおばあさんもすげーいい人で、おまけに犬も猫もいるんだ。サイコーじゃん」

「じゃ、あの家にずっといたいと思うか？」

「あー。それはダメだけどさ」

久留米が泳ぎながら太一の浮き輪を引っ張って移動する。太一もバタ足で協力した。

「なんでだよ」

「だって、お母さん帰ってくるかもしれないから、おれ待ってないとさ」

「……ああ……」

「もう三年経つから、そろそろ帰ってくるかもしんないじゃん」

「そうだな」

「お父さんもさ、ちゃんと仕事みつけて、むかえに来るかもしれないじゃん。ふたりまとめて来てくれると、いちばんいいんだけど。少なくともお母さんは……きっとくると思うんだ。なんつーの、ほら、タ、タイ」

「タイミングか？」

「それ。きっと、タイミングってのを待ってるんだと思うんだよ。……でも、タイミングって、いまいちよくわかんないんだけど……つまりどういうイミなんだ？」

「……時期かな。えーと、おまえの場合だと、お母さんが、ちゃんとおまえと暮らすためのいろんな準備ができた時が、そのタイミングってやつだ」

「そっか。なんとなく、わかる」

「なんにでも、タイミングってのはある。大人になると、自分の気持ちだけじゃ動けないことも……多いからな」

「フーン」

　久留米がそろそろいいかな、と呟《つぶや》いてゴーグルをかけ、一度海中に潜った。どうやら深さを見ているようだ。その時になって太一は自分の爪先がとっくに海底に着かなくなったのに気がつく。

「ふ、深いじゃんここ！」

「浅いとこで潜る練習なんかできないだろーが。ほら、浮き輪から出てみろよ」

「やだよ！　おぼれるよ！」

「このやろ、おれを信用してないのか」

「してない！」

　思わず正直に言ってしまうと久留米が、

「おまえな、こう見えてもおれは魚住の百倍くらい面倒見のいい男なんだぞ」

と眉間《みけん》に皺《しわ》を寄せて嘆いた。


久留米は口は悪かったが教え方は上手く、三十分もすると太一は波を避《さ》けて海中で移動することができるようになってきた。もっとも息が続かないのでそれほど進むことはできない。疲れ過ぎる前に一度上がるぞと言われて、浜まで戻った。海から出ると急に身体が重くなっていて、膝がカクカクした。

「うおずみ、おれ、もぐれるようになった！」

さっそく報告する。魚住はパラソルの下からタオルを渡してくれる。

「もう？　いいなあ、運動神経がよくて」

太一は髪の毛を拭《ふ》いてもらいながら興奮気味に海の中の様子を話す。魚住は熱心に聞いてくれた。

「おい、ビール取ってくれ」

「あ、うん」

魚住が自分のそばのクーラーボックスから缶ビールを取り出して久留米に渡す。

立ったままで半分くらいを一気に飲んだ久留米が、フーと息をついて砂の上に胡坐《あぐら》をかいた。まだ拭《ぬぐ》っていない横顔や髪先からポタポタと水滴が落ちて、乾いた砂に小さな陥没を作っていく。

「うおずみ？　どうしたの？」

久留米をぼんやりと見つめていた魚住は、太一に呼ばれ速い瞬きを何回か繰り返し「なんでもないよ？」と小さく言った。

「うおずみは泳がないのか？」

まだTシャツを着たままの魚住だったが、

「ううん、泳ぐ。あとで一緒に行こう」

と答えた。

「太一くん、おれに潜り方教えてよ」

「うん。いいぜ。サリームも行く？」

「はい、ぜひ」

マリも誘ってやろうとしたのに姿が見えない。

眩しさに目を細めながら探すと、海の家のほうから戻ってくるのを見つけた。手に持っているのは大きなソーダ水だった。喉《のど》の渇いていた太一は嬉《うれ》しくなって、パラソルから飛び出してマリを迎えた。

「ねえ！　おれのもある？」

「あんたと魚住のよ。クーラーボックス、ビールばっかしなんだもん」

マリはメロンソーダにアイスクリームが浮かんだフロートを太一に渡してくれた。ストローでぶくぶく泡を立てても誰も叱らなかった。それどころか魚住は真似をして、

「あんたは大人でしょ！」とマリに叱られていた。

休憩の後、また海に入る。

さんざん遊んで今度は焼きそばを食べて少し昼寝をして、また海へ。

マリはほとんどパラソルの下にいたが、陽射しがやや弱くなった頃に太一と共に波打ち際まで出た。マリと一緒だと周囲の視線がやけに集まることに太一は気がつく。光沢のある黒い素材の水着は、マリによく似合っていて目立つからだろうか。

男たちはチラチラと盗み見るだけだが、女たちの視線はまともにぶつかってくる。羨《せん》望《ぼう》なのか、やっかみなのか太一にはわからないし、マリは気にしていないようだ。十代と思《おぼ》しき女の子たちのグループを見て、

「あー、お肌ぴちぴちだー。いいなー」

などとぼやいている。

「あたし、太一のお母さんに見えるかしら」

「まっさかァ。だってアンタ何歳？」

「魚住と一緒よ」

ということは二十八である。

太一はちょっと驚いた。それなら自分くらいの子供がいても変ではない。

「あいつらと知り合ったのはまだ十代だったたんだけどなー。時間が経つのって早いわ。どんどんやりたいことやっておかないと、あっというまにおばあちゃんになっちゃう」

「やりたいことって？」

「いろいろよ。魚住みたいに留学ってのもいいかも。あたしはまだコレっていう目標が見つかっていないのよ。……だからたまにあの子が羨《うらや》ましいなァ」

あの子とは魚住を指しているのだろう。

「かといって、魚住になりたいわけじゃあないけどね」

マリと太一は脚を投げ出して座っていた。腰のあたりで海水が往《い》き来している。しっかりと両腕で身体を支えていないと波にずるずると持っていかれそうだ。

ふと、今朝の車の中でのことを思い出し、太一は聞いてみた。

「ねぇ。うおずみとくるめって、ケンカしてんの？」

あの後言い争っている様子こそないが、あまり喋《しゃべ》っていない気がする。もともとふたりとも口数が多くはないので、それで自然なのかもしれないが、微妙に漂う違和感があるのだ。

「それ、あたしがあんたに聞きたいくらいよ。なんかヘンな雰囲気よね……。あのふたり、ちゃんと話し合ったのかしら」

「話しあうって、なにを？」

「愛と人生」

「え？」

「ま、ほっときゃいいのよ。あいつらの問題なんだから」

「あ。そーいえば、アンタはナントカさんとなかなおりしたのか？」

「はあ？」

「えーとえーと。ノキさんだっけ」

ぱしゃん、とマリが太一に向かって水をかけた。顔に命中する。

「なぁんであんたがそんなこと知ってんのよ」

「うえっ。しょっぺー……。うおずみにきいた。早くなかなおりしろよな」

「まーナマイキな子ね。ちゃんと仲直りしたわよ。今夜のバーベキューヒットだって、安岐さんから借りてきたんだから」

「その人もくれればよかったのに」

「仕事なの。それに、海が似合わない男でね……。魚住も似合わなそうなのに、結構楽しそうだわね」

再びマリが波を蹴《け》った。足の爪はオレンジがかった金色だ。

雲の表情が、だんだんと変わっていく。

浜のパラソルが少し減ったようだ。日帰りの家族たちは荷物をまとめている。太一より小さい子供が帰りたくないとぐずっている。

死んだクラゲが、波に運ばれて打ち上げられた。

太一は金魚を思い出す。マウスもだ。この世界にはたくさんの生き物と、たくさんの死んでる物がいるんだなと思った。けれど人間もその中のひとつだということは、あまり実感できない。自分がいつか死ぬだなんて、太一にはピンとこないのだ。

ゆっくりと、だが確実に日は傾き、海水の温度も下がっていく。

「魚住って、不思議でしょう？」

マリに聞かれてウンと答えた。

「ああいうオトナって、はじめてだ」

「そうよねぇ。あんたから見たら魚住だって立派な大人なのよねぇ」

「くるめなんかオッサンだよ」

「あら。あいつも魚住と同じ歳よ」

「うそッ」

ホントよオ、アハハハハ、とマリが華やかに笑う。太一は久留米だけは三十を過ぎているような印象を受けていたのだ。

「ひー、涙でちゃう。おかしー。あとで絶対言ってやろーっと」

「だ、だめだよ。ナイショにしてくれよ」

「まー、魚住って年齢不詳なとこあるから、あいつと比べたら久留米なんかオッサンだわねぇ。魚住はいまだに子供みたいな顔になる時があるし……だけど」

マリは言葉の途中で、起こしていた上半身を砂浜に横たえた。頭だけを起こし腹這いになる。波が砂を動かしてお腹が擽《くすぐ》ったいわと笑った。

「だけど、なに？」

太一はなんとなく言葉の続きが気になって聞いた。

「うん？　ああ、魚住ね。あいつはあたしが思っていたより、ずっと大人だった……っていうより、ずっと強かったのかもしれないなと思うのよ、最近。ホラ、あいつも太一と一緒で、子供の頃にいろいろ苦労してるわけなんだけどさ」

「うおずみって、おれと同じシセツで育ったんだよね」

「そうそう。施設を出てからも、あいつにはいろいろあったのよ。あたしはあいつがお気に入りで……だって顔綺麗《きれい》だし、言動面白いし。まあ、縁もあって、つかず離れず十年くらいになるんだけど……でも、あいつのこと、本当はわかってなかったのかもしれないなー」

「うおずみは、ぼんやりしてて、でも優しい奴だよ」

マリが腕を伸ばして太一の頭をグリンと撫《な》でた。太一は嫌がってすぐに逃げる。

「そう。そうなのよ。あたしはちょっと、考え過ぎてたのかもね」

でもそれを無駄だとは思っていないわ。マリは動く砂地を見つめながらそう続ける。

「あたしね、魚住が大好きなの。あんたもでしょ？」

「ウン」

「どこが一番好き？」

「えっと。えばらないところ」

「アハハ。そっか。そーよねー、あいつえばらないよね」

「アンタはどこが好きなの？」

「そうね。……自分の受けた痛みを、誰にも転嫁しないところかな」

サラリと言われたが、言葉が難しくて太一にはよくわからない。

「痛みに敏感になってからも、憎しみを育てたりしないところ。……あたし、ずうっと勘違いしてたのかもしれない。魚住ってば、本当は強かったのかしら？　でも大人って感じはないのよね。やっぱりどこか子供というか、無垢《むく》というか、バカというか……」

マリは砕けた貝殻を弄《いじ》りながら呟《つぶや》く。

声は次第に掠《かす》れ、ほとんど独り言のようだった。

「オトナじゃないけどつよいってこと？」

太一はそう質問してみた。

「ん〜」

「つよいこどもってこと？」

「あら、それいいわね」

マリが身体を起こし、腹や胸の谷間についた砂を払う。濡《ぬ》れた砂はなかなか落ちないが、肌の上で白っぽく光った。

「うん。いいじゃない。弱い大人よりずっといいわよね、強い子供。どうせ昨今、身体だけでかくなった子供みたいな大人がうじゃうじゃしてんだから」

そうなんだろうか。太一から見れば大人は大人はみんな大人に見える。大人の中身についてはあまり考えたことがなかった。

弱い大人。

母親を殴ってばかりいた父親も、もしかしたらそれだったのだろうか。

「砂が落ちないから、ちょっと海に入ろうかな。太一、一緒に来てよ」

うん、と立ち上がる。

「あっちにさっきクラゲがいた」

「まあ怖い。安全なとこに案内してちょうだい」

太一は自らマリの手を取って、こっちがいいよとエスコートを始めた。


海水浴から数日すると、関東地方に大きな台風が近づいてきた。

「わ。もしかしてこれは、雨漏りってやつかな……」

台所で魚住が天井を眺めている。二か所に雨の染みができているのが、見上げた太一にもわかった。

「どうすんの。おばあさんとおじいさん、いないし」

ふたりは親戚《しんせき》の家に出かけていた。雨足が強くなって電車が遅れているため、今日は向こうに泊まるという連絡がさっきあったのだ。魚住は上を向いたままウーンと考え込んでいる。

「太一くん、雨漏りの直し方って知ってる？」

「しるわけないだろ」

「だよな」

「くるめならわかるんじゃない？」

「え、どうして」

「んー。なんとなく」

魚住は少し考え込んで、一応聞いてみようかなと携帯電話を取り出した。電話はすぐ繋《つな》がったようだ。

「くるめ、なんだって？」

「会社終わったらなるべく早く来るから、それまでバケツでも置いておけって」

魚住は携帯電話をポケットにしまい、どこかいそいそとした足取りでバケツを探しに行った。

雨はどんどん強くなり、風も暴力的になってくる。

太一は台風があまり好きではない。特に、雷が苦手だ。まだ落雷の気配はないのでココアと遊んで気を紛らわしているが、さっきニュースで夜中には雷雨となると聞き、内心ビクビクしていた。

七時過ぎ、久留米がやってきた。

「おい、すげーぞ外……ったく、こんな日に人を呼びつけるか普通？　……で、どこなんだよ雨漏り」

「ん。台所」

挨拶《あいさつ》などないのが、このふたりの普通らしい。

久留米は台所を見て、それからもう一度外に出て魚住に言った。

「じいさんに連絡取れるか？」

「うん。向こうの電話番号はわかるよ」

「この雨漏りはたぶん恒例だぞ。処置方法があるはずだから、聞いてみろ」

魚住が連絡を取る。太一はすることもなく、ココアを抱いたままでウロウロしていた。

ネクタイ姿の久留米はやっぱりオッサンに見えてしまうのだが、決してショボいオッサンではない。仕事はバリバリ熟《こな》しそうで、こんなお父さんはちょっといいかなと思ったりもする。

久留米の言った通り、台所の雨漏りはいつものことらしい。

物置に梯子《はしご》とビニールシートとロープがあることを魚住は聞き出した。久留米と魚住は濡れてもかまわない格好に着替え、雨の中に出ていった。

太一は台所で待つ。

上の方でゴトゴトバサバサと音がして、やがて雨漏りが止まる。やっぱ久留米ってすごいじゃん、と思う。ココアは不審な音に耳をピクピクさせていた。

こういう時、自分が子供なのが悔しい。

梯子に上がったり、雨漏りシートを被《かぶ》せたり、そういうことが子供だとできない。できない以前にやらせてもらえない。お金を貯めておきたくて、新聞配達のアルバイトをしたいと言った時も園長先生に止められた。いまは勉強のほうが大切なのだと。

勉強して成績がよくなっても、両親が戻ってきた時には役に立たない。お金ならば役に立つ。そう言うと園長先生は「勉強しておくとね、もっと先の将来、お金を稼ぐのに役に立つんだよ」と言った。

だが魚住の場合、勉強はよくできるようで、大学院まで行って、さらにアメリカまで行くのに、儲《もう》からないと言っていた。いったいどっちが本当なのだろう。

しばらくして、ずぶ濡れのふたりが戻ってきた。

「風呂《ふろ》沸いてんだろ。入れ、魚住」

「久留米が先でいいよ」

「バカ。出発前に風邪ひいたらどうすんだ。いいから先入れ。太一、タオルくれ」

太一がタオルを渡しながら、

「いっしょに入ればいいのに」

と提案する。実際、太一はこの家の風呂に魚住と入ったことがある。大人ふたりでは狭苦しいだろうが、無理ではないと思う。

「なあ、うおずみ、入れるよな？」

「いや……せ、狭いし」

魚住はなぜか顔を赤くしながらそう言って、バタバタと慌ただしく浴室に消えていった。さっそく熱でも出したのだろうか。

「くるめ、うおずみとなかなおりしたか？」

「なんの話だ」

「なんか、車の中でケンカっぽかったじゃん。海に行った日」

ああ、と久留米がひと通り身体を拭《ふ》き終わり、煙草に火をつける。

「ケンカってわけじゃない」

「お母さんもよくそう言ってた。どう見てもケンカしてんのに、これはケンカじゃないのよって」

「…………」

「小さいケンカのうちになかなおりしないと、だんだん大きいケンカになるんだ」

「……それは、正しいな」

てやる。

灰皿を探しながら久留米が頷《うなず》いた。太一はいつもお祖父《じい》さんが使っている灰皿を渡し

「ロゲンカのうちはいいけど、ぶったりなぐったりするようになると、ホントにたいへんだぞ……あ、くるめはそんなことしないと思うけど」

しない、と灰皿を受け取りながら久留米は言う。そしてまだ半分にもなっていない煙草を押しつけて消すと、

「じゃ、アドバイスに従って、ちょっと仲直りしてくっかな」

と立ち上がった。

「いっしょにおフロ入るの？」

「いや、野郎ふたりはさすがに狭いだろ。少し話してくるだけだ」

一度風呂場に行きかけたが、戻ってきて釘《くぎ》を刺す。

「太一。えーと、アレだ。大人の話し合いだから、来るなよ？」

「行かないよ」

なんでわざわざそんなこと言うのだろうか。へんなやつだな？　とココアに話しかけると、可愛い相棒はクゥンと一声返事をした。

ココアに夕飯をやろうと台所に行って、いつもの戸棚を開ける。けれどそこに子犬用のドッグフードはなかった。お祖母《ばあ》さんはある程度買い置きしているから、別の場所にあるはずだ。

太一はあちこちの扉を開けてみたが見つからない。ココアは餌が出てくるのを、いまかいまかと尻尾《しっぽ》を振って待っている。

「だめだ。うおずみに聞かなきゃわかんないみたい。待ってな」

ココアに言い残して、浴室に向かった。

久留米が行ってるはずなのだが話し声は聞こえない。岸田家の浴室は最近リフォームされている。自動温水になったり、手すりがついたり、滑りにくい床になったりしたのだそうだ。家の中でも一番新しい一角である。

横に滑る戸を開ける前に「あ」というような声が聞こえた気がした。魚住の声に似ていたが、気のせいだろうと太一は思った。

ためらいもせずガラリと戸を開け「うおずみ、ココアのゴハンがさぁ」と喋《しゃべ》りかけて
——太一は固まった。

脱衣所の洗濯機に、魚住が寄りかかっている。風呂から出たばかりらしく、腰にバスタオルを巻きつけただけの格好だ。いつもより上気した肌がほんのり桜色に染まっていた。その細い腰とうなじを支えているのが久留米で……ふたりの顔が、重なっていた。うっとりと目を閉じた魚住は、いつもと別人のように見えた。

「な、に……してんの……？」

思わずそう聞いてしまったが、いくら太一が十歳でもそれくらいわかる。魚住と久留米は、キス、をしていたのだ。

「おっと」

久留米が驚いて魚住から離れた。魚住は温まった肌よりさらに顔を染めて、自分のくちびるを手で覆う。慌てるあまり、腰を洗濯機にぶつけた。

「いたた……た、太一、くん……」

「な、なんでキスなんかしてんの？」

動転していたのは太一も同じだった。

ここでキスしていたのが魚住とマリならまだわかる。ヒューヒューとはやし立てるところだ。しかし、相手が久留米となるともうわけがわからない。

「お、男同士なのに、なんでキスなんかしてんだよッ？」

オカマとかホモとか、テレビでお笑いタレントがネタにしている言葉は知っていた。でも魚住や久留米と、そういうものは結びつかない。

「なんでって……」

魚住が赤面したまま、それでも太一に向かって答える。

「好き、だからだよ」

自分で言って、もっと赤くなって俯《うつむ》いた。久留米はそんな魚住を見て、自分の頭をバリバリ掻《か》く。太一を横目で見て、早口に言った。

「そうだ。……好きだからだ」

言うなり、大股《おおまた》で脱衣所から去ってしまう。

太一も呆気《あっけ》にとられたが、魚住まで目をまん丸くして驚いている。

「──太一くん……いま、あいつなんて言った？」

訊《たず》ねる声が掠《かす》れていた。

「え。うおずみと同じことだよ」

「だから、なんて？」

「す、好きだから。って」

太一までつられて恥ずかしくなってきた。魚住はそうだよな、言ったよな、好きだって……とぽうっとした顔のまま、呟《つぶや》いている。

「なあ。男同士でも好きならキスすんの？」

「うん……」

「けど男同士って結婚できないじゃん」

「うん……」

「うおずみ、聞いてんの？」

「うん……」

「ほんとは聞いてねーだろッ」

「うん……」

だめだ、これじゃ話にならない。太一はもういいよ、と言い残して脱衣所を出た。なんだかよくわからないが、ココアの餌は自力で探すしかなさそうだ。

居間に戻ると久留米が煙草を吸いながら、そ知らぬ顔でテレビを見ていた。

とにかく仲直りはできたのだろう。仲が悪かったらキスなんかしない。太一がチラチラと久留米を窺《うかが》っていると、急に、

「太一、いま見たことはナイショだぞ」

そう言われる。

「なんで男同士でキスしてたんだよ。アンタたちホモっていうアレなの？」

「さあなぁ。おれにもよくわかんねーよ。ただ、ご老体たちにわざわざ知らせて心配かけたくないからな、そこだけは頼むわ」

そう言われてしまうと、太一も頷くしかない。お祖母さんに聞いてみようと思っていたのだが、諦《あきら》める。でもマリになら聞いていいのかな、と勝手に決めてみた。ひとりで抱えるには大き過ぎる秘密だ。

「アレだぞ、くるめ」

「なんだよ」

「うおずみを、たいせつにしろよ？」

ドラマでは、こういう時にこういうセリフを言う。

だから太一もそれを真似てみた。魚住のことは、太一だって大好きなのだ。なのに失礼にも、久留米はプッと吹きだし、しばらくヒーヒー笑っていた。

だがやがて笑い疲れた溜息《ためいき》の後、

「大切にしてもらいたいのは、おれのほうだぜ」

そう零《こぼ》して、少しさみしげな笑顔を見せた。


雨足は一向に弱まらず、電車のダイヤも乱れたままだとニュースが告げる。都内でも床下浸水している地域が数か所出ており、明口の朝まで雨はやみそうにないとのことだった。高速道路も速度制限や封鎖が多い。

久留米は帰宅を諦め、このまま泊まっていくことになった。

困ったのは夕食で、いまから買い出しというわけにもいかず、岸田家にはレトルトの類《たぐい》がほとんどない。捜索の末、お中元の素麵《そうめん》を発見した。

茹《ゆ》でるとどれくらいに増えるのかわからず、太一と魚住は素麵の山をこしらえてしまう。作り過ぎだと久留米に文句を言われつつ、三人で必死に食べて、無事に素麵の山はなくなった。半分は久留米の胃に入ったとはいえ、太一もかなり頑張った。もう当分素麵は見たくないと思う。

十一時過ぎ、とうとう雷雨になった。

魚住と三組の布団を敷きながら、太一は雷鳴が轟《とどろ》くたびにビクンと身体を震わせる。すぐにでも布団を被《かぶ》ってしまいたい気分だ。

「太一くん、雷苦手？」

問われて、コクンと頷《うなず》く。雷に関しては、見栄《みえ》を張る余裕もない。だんだん近づく音と光に、太一は魚住の隣に張りつき、パジャマの裾《すそ》を握る。

「平気だよ。落ちたりしない」

「ホントに？」

「うん。ちゃんと避雷針がある」

ぽんぽんと背中を叩《たた》いてくれた。シャンプーのいい匂いがする。久留米は居間でスポーツニュースを見ている。

「うおずみは、こわいもの、ある？」

「おれ？　うーん……たくさん、あるよ」

へえ、と思った。淡々とした男だから、怖いものもなさそうに見えていた。またゴロゴロと天の唸《うな》る音がする。太一は魚住の細い首に腕を回し、ぎゅっと抱きついた。怖かったのもあるし、実は甘えたかったのもある。

「たとえば、なにがこわい？」

「いま怖いのは、みんなに忘れられちゃうことかなァ……。ほら、おれ、アメリカに行くからさ」

意外な答えだった。そんなはずはないと、太一には思えた。大学でもこの家でも、魚住はとても大切にされていて、魚住がいなくなったからといって忘れるような人は誰もいないだろう。

「わすれないよ、みんな。おれだって。わすれないぞ？」

「うん。ありがとう。おれも、そう思ってるんだけど……たまに、怖くなるんだ。きっと少し臆病《おくびょう》になってるんだね。日本を長く離れるのは初めてだから」

そうか、ならば励ましてやらなくちゃと太一は思った。

「えっと、あのな。うおずみはこどもなんだって。マリが言ってた」

抱きついていた首から一度離れ、太一は魚住の正面にぺたんと座った。子供と言われた魚住が苦笑する。

「マリちゃんが？　……でも、そうかもなぁ。おれ、自分で自分を大人だと自覚したことはないかも」

「でも、つよいこどもなんだって」

「つよい？」

「そう。つよいこども。うおずみは、人を憎まないからとか、なんとか」

「いや……憎むことは、あるけど。おれだって……」

「そんで、つよいこどもは、よわいおとなよりいいって。おれ、イミはよくわかんなかったけど」

つよいこども。

魚住は口の中でその言葉を繰り返しているようだった。

「おれも、つよいこどもになりたいな」

太一が言った瞬間、ドオンと大きく落雷が響いて、ヒャアと再び魚住に抱きつく。言ってるそばからこのざまかと、自分がちょっと情けなくなる。

「大丈夫だよ。太一くん、強いじゃない。マリちゃんに食ってかかれる男はそうそういないんだよ？」

「も、もっとつよくなりたい」

震えながら、太一は自分の願いを口にした。

そう、まだ足りない。もっともっと、強くならなければならない。

「つよくなればお母さんを守ってあげられるし。そしたらお母さん、ぶたれないし」

「……太一くん」

「それに、つよければ、お父さんのかわりにはたらけると思うし」

「そっか……そう、だね……」

「それと、それから……」

突然すべての明かりが落ちる。

停電だ。

闇になる。居間から漏れていたテレビの音も消える。

なにも見えない中、雨が地面を叩く音が太一の皮膚をざわつかせる。獣の唸りのような雷鳴。稲光。

何秒後かに、大きく響くはずの音が怖い。

叩きつけられる落雷が、怖い。

魚住の体温だけが救いだった。太一はそれに縋《すが》りつきながら言った。いままで誰にも言ったことのないことを。口にすると現実になりそうで怖かったことを、言った。

「もしも、ふたりともおれを捨てて」

それは落雷に似ている。

そうなってしまうのは、どうしようもないという点において。

「お母さんも、お父さんも、おれをむかえに来なくても」

太一の力の、及ばないところ。

「つよいこどもなら、きっとそれでも、だいじょうぶなんじゃないかって、思うんだ」

子供は親を選べない。

「太一くん……」

「ぜったい、むかえに来てくれると、ずうっと思ってたんだけど……でももう三年、ふたりとも来ない。どこ行っちゃったのか、わかんないんだ」

畳の軋《きし》む音がする。

闇の中、久留米が近づいてくるのがわかる。

煙草の香りが微《かす》かに漂う。身体が触れない距離に、久留米が座る。喋《しゃべ》りはしない。黙ったままで、いてくれる。

「おれは、捨てられちゃったのかもしれないけど」

「まだ、わからないよ」

魚住の返答が震えている。

そんなことないよ、と言わないのが魚住らしい。いつか諦《あきら》めなければならないと思う太一の覚悟を、正しく理解してくれている。

「うん。でも、捨てられたんだとしても……つよい、こどもなら、きっと」

きっと生きていける。

そうなれるかどうかは太一にもわからない。強くなりたいと願えば、強くなれるものでもないだろう。具体的な術《すべ》など知らない。間違えながら、迷いながら、それでもその強さを求めるしかないのだ。

「うん……そうだね」

魚住もまた、たくさんの諦めと共に成長してきたはずだ。欲しくなかったはずはなく、求めなかったわけでもなく……それでも、諦めなければ見えてこない道だってある。

お母さん。

お父さん。

そして大人たち。

ちいさなマウスにも、金魚にも、子犬にも似た愛《いと》しくか弱いものたち。

つよいこどもは、あなたたちを憎まない。


ひと際大きな落雷が、三人の鼓膜をつんざく。

太一は怖くて魚住にしがみつく。その頬が濡《ぬ》れていることに気がついた。とても怖いのに、不思議と太一は涙が出なかった。なんだか魚住のほうが可哀相になって、ギュウと抱きしめてやった。

同じ力で抱き返される。つよいこどもは泣かないわけじゃないんだなと思った。きっと、つよいこどもはたくさん泣くのだ。

泣いて泣いて泣いて……つよくなる。


太一の夏は、そんなふうに過ぎていった。

好天の、真夏日だった。

海に出かけたあの日のようだ。

予備校をさぼって、駒栄太一は目当ての公開講座に急ぐ。通常授業ではないので、一般聴講も認められていた。

一番前の席に陣取る。

助手につき添われて軽い素材のスーツを着た魚住教授が入ってくる。実物を近くで見ると、それなりの貫禄《かんろく》が……多少は……ついているかもしれない。若作りは相変わらずで、計算すると三十六になっているはずだが、せいぜい三十二、三にしか見えない。

特別講義が始まる。

「みなさん、今日はようこそ」

声は、少し変わっただろうか。いや、たぶん講義慣れしただけなのだろう。

「本日は抗腫瘍《こうしゅよう》免疫について、理学部一般学生の方にもわかる範囲でのお話をしたいと思います。ではまず、免疫細胞ネットワークから。フィルム、お願いします」

と、講義室が暗くなった途端「あいたッ」という声をマイクが拾う。魚住が教壇から足を踏み外したのだ。クスクス笑う声が響く中、

「いちち……一昨年《おととし》もここで転びそうになったんだよなァ……」

とぼやく声まで聞こえてしまう。太一は大笑いしたくなるのを必死で堪《こら》えていた。

一時間半の講義は滞りなく終わった。

教室を出た魚住はしばらく何人かの学生に囲まれて質問責めにあっていたが、校舎を出る頃にはひとりになっていた。

太一は一歩ずつ、懐かしい人に近づく。

いよいよ声をかけようとした時、魚住がふと空を見上げた。なにを見るでもない。ただ、夏の風を感じているだけのようだ。

髪が、サラサラと靡《なび》く。

僅《わず》かに頬を緩ませて目を閉じる。

風の声を聞いているような横顔に太一は見蕩《みと》れてしまう。

「魚住教授」

呼びかける自分の声が少し震えていた。

「ハイ」と丁寧な答えが返り、太一を見る。まともに目が合うと、なにから言えばいいのかわからなくなってしまう。

「あの、おれ……」

言葉に詰まる。

いまをときめく博士が笑った。

「大きくなった」

「え」

「びっくりした。きみが、一番前の席にいるんだもの。もう大学生？」

びっくりしたのは太一のほうだ。十歳から十八歳の変化は、相当大きいはずなのに。

「覚えて……？」

「うん。自分でも感心したよ。昔は人の顔とか名前とか、とにかく忘れちゃうほうだったんだけどね。……元気そうだ、太一くん」

元気です、と答えた。

嬉《うれ》しくて、興奮して、指先が震えた。

「あの、時間ありますか」

「うん。今日はとりあえず一時間後に迎えが来るけど、それまでは平気」

「あの、おれ、いま予備校行ってて、大学では分子生物学やりたくて。ええと、聞きたいこと、たくさんあるんです」

魚住はそう、と微笑んだ。

「まず、涼しくて、お茶が飲めるところに行こう。今回はしばらく滞在しているから、研究の話は別の日にでもできる」

歩きながら魚住は言う。

隣に並ぶ魚住と太一は、もう身長差がない。縁日で手を繫《つな》いだことを思い出して、太一は顔が熱くなる。

「そんなことより、きみのことを聞かせて」

「え。おれの？」

「うん。太一くんの話を聞かせてほしい」

フラリフラリとどこか安定感の悪い歩き方は、昔通りだった。

「あれから、きみの出会った楽しかったこと、辛《つら》かったこと……恋の話もいいな。ずっと気になってて、でもなかなか聞けなかった」

笑顔が大人びていた。

大人なのだから当然だが、以前よりずっと余裕があった。さらに、いい歳をした男に対してこう言うのも躊躇《ためら》われるが——ますます綺麗《きれい》に笑うようになっていた。

「だから聞かせて。きみの物語を」

太一は頷《うなず》いた。

話したいことは、たくさんある。

あれから、結局両親は迎えに来てはくれなかったこと。

それでも、たくさんの人の支えで高校を卒業できそうなこと。大きくなったココアは、いまでは自分が飼っていること。もちろん、恋もした。失恋もして、傷ついて、だけどまた好きになりかけている人がいる。

「一時間で、足りるかなァ」

太一は声を上擦らせた。なんだか泣きそうになっていた。悲しいのではなく、単純な嬉しさともまた違う。

子供だった自分が、幻のように見え隠れする。

潮騒の音すら、聞こえそうな気がする。

あの夏の海が、瞼《まぶた》に蘇《よみがえ》る。

「全然足りない気がします」

魚住は太一の言葉を受け、少し照れたように頰を緩ませて言った。

「ちょっとくらい延びても大丈夫だよ。……迎えに来るのは、あいつだから」

ハッピーバースデイ II

思ったより痩《や》せてないな。

到着ロビーに立つ魚住を見つけ、濱田は思った。

トランクを引っ張り、あるいは大きなボストンバッグを抱えてゲートを抜けてくる旅行者に混じって、魚住はやけに荷物が少ない。大きめのディパックひとつを肩にかけているだけだ。

魚住がアメリカの大学院に留学し、三年の月日が流れた。

ということは、もう三十一を過ぎているはずだ。チェックのシャツにルーズなコットンパンツという服装のせいか、相変わらず少年めいて、ちっとも歳を取っていないように見える。唯一以前と違うのは、細い銀フレームの眼鏡をかけていることだろう。研究三昧《ざんまい》の日々で、視力が悪くなったらしい。

「濱田さん」

魚住が濱田に気がつき、どこか遠慮がちに手を振った。振った、というかグーパーを繰り返す奇妙な動作だ。濱田は笑いながら、久しぶりの後輩に歩み寄る。

「おかえり、魚住くん」

「はい。ええと、ただいま」

「会うのは二年ぶりくらいかな」

「はい。三か月前に戻った時は、ホントにどんでん返しだったんで」

どんでん返し？

意味の繋がらない言葉に、濱田はしばし首を傾げ、五秒ほどで思いあたった。

「それを言うならとんぼ返りだろ」

「ああ。それそれ」

魚住は自分の間違いを特に恥ずかしがる様子もなく、生真面目な顔で頷く。

「今回はちょうど区切りがいいとこなので、一週間いられます」

「じゃあ、みんなで集まれるかな」

「はい。たぶん」

ふたりは並んで歩きだし、空港の駐車場に向かう。

当初、魚住はメールで『リムジンバスがあるから大丈夫です』と書いてきたが、濱田は迎えに行ってやりたかった。もしかしたら迷惑だったかもしれない。楽しい理由で帰国したのではないのだ。魚住はひとりでいたかったのかもしれないが……おそらく、濱田のほうが魚住の顔を見たかったのだろう。とりあえず、元気そうなので安堵《あんど》した。

「濱田さん……暑そうですね」

黒いスーツを見て魚住が聞く。ジャケットは脱いでいるものの、外に出れば一気に汗ばむ。時間はまだ午前十時過ぎだが、八月の太陽は強い光を放っていた。

「ちょっと暑いね。……きみ、着替えは？」

「お祖母《ばあ》さんが用意してくれてます」

「そうか。なら現地で着替えられるな。さあ、急ごう。お祖父《じい》さんが待ってる」

こくん、と魚住が頷いた。濱田の車に乗り、都内にある魚住の実家……正しくは、魚住の養母だった人の実家へと向かう。

なにを話そうか。

ステアリングを握る濱田は少し迷い、あえて軽い話題を選んだ。助手席の魚住に「きみの噂はうちの研究室にも届いてるよ」と話しかける。

「なにを考えているのかよくわからない男だけど、とにかく優秀だって。Quals の口頭《オーラル》で、教授たちの度肝を抜いたらしいじゃないか」

Quals とはアメリカの大学院で行われる試験のひとつだ。アメリカで博士号《ドクター》を取得しようと思う者は、避けては通れない過程となっている。

「話が大きくなってるだけだと思いますけど……」

「日野教授も喜んでる」

「教授、お元気ですか？」

元気さ、と濱田は笑った。交差点の手前で、やたらと幅寄せしてくる車に注意を払う。今日はどんな小さな事故も起こすわけにはいかない。

魚住の祖父が他界した。

アメリカにいた魚住は、通夜に間に合わなかった。だが道路がこのままスムースに流れてくれれば、葬儀には間に合う予定だ。

魚住の祖父に病が発覚したのは一年前。

　年齢的に手術が難しく、また、手術したところで完治するわけではないと告げられ、このまま静かな時間を過ごすことに決めたそうだ。容態が悪くなり、入院した三か月前、魚住は一度帰国している。そこで病床の祖父となにを話したのか、濱田は聞いていない。けれど、魚住の落ち着きぶりを見ている限り、覚悟はできていたのかもしれない。

「突然じゃないこともあるんですよね」

　助手席でぽつりと魚住が呟《つぶや》く。

「え？」

「ほら。おれの周りって、突然死んじゃう人が多かったから。事故とかで」

　それは確かに動かし難い事実なのだが、どう答えたらいいのか戸惑ってしまう。濱田は「うーん。そうだねえ」という間の抜けた返答しかできなかった。

「でも、だからって、変わらないんだな……」

　薄い身体を締めつけているシートベルトを弄《いじ》りながら、魚住はしみじみと言う。

　なにが、と濱田は問わなかった。詳しい言葉がなくても、魚住の言いたいことは伝わってきた。突然だろうが、突然でなかろうが——悲しみが目減りするわけではない。覚悟ができていようと、悲しいものは悲しい。どうしようもなく、悲しい。

「でも。悲しいのが多いのは、好きな人が多いからなんですよね」

　思案げな口ぶりで魚住が言った。

「全然知らない人が死んでも、べつに悲しくないでしょう？　ちょっと知ってる人だと、やっぱりちょっとショックで、大好きな人だと、それはもう……悲しい」

だから、と魚住は続ける。

「すごく悲しいっていうのは、悪いことばかりじゃないのかな、とか」

訥々《とつとつ》と喋《しゃべ》られて、濱田のほうが泣けそうになった。

昨年、母を亡くした時に濱田もまた同じように考えたからだ。闘病生活の長かった母が逝った時、心に空いた穴の大きさに呆然《ぼうぜん》とした。なにをもって、この虚《うつ》ろを埋めていいのかわからなかった。結局、いまでも穴は塞《ふさ》がっていない。それでもいくつかの優しい思い出が、穴の大きさを縮めてくれたような気がする。

魚住はずいぶん強くなったようだ。

喪失の悲しみにただ押し流されるだけではなく、その悲しみが紛れもなく愛情から生まれていることを理解しようとしている。

得るものが多いほど、失うものも多い。

それは真実だ。

だからといって、なにも持たない人生に、どんな意味があるだろう。仮になにも持たずに生きようとしたところで、人はひとりでは生きていけない。他者との関わりを完全に断つことはできない。動物が群れるのはただ生き抜くための手段かもしれないが、人が群れるのはまた別の意味があるはずだ。その意味は人それぞれで違うのかもしれないし、共通している部分もあるかもしれない。濱田にもよくわからない。

魚住はそれきり黙り、濱田も運転に専念した。

しばらくすると眠ってしまったようだ。疲れているのだろう。濱田はラジオをつけようとして、やめる。魚住の健やかな寝息を、しばらく聞いていたいと思った。


祖父の葬儀はしめやかに行われた。

魚住は祖母の隣に座っていた。祖父は町内の顔役だったらしく、ご近所の方が大勢集まってくれた。遺影の中にはしかつめらしい顔があり、微妙に修正された写真はちょっとよそよそしい感じがする。焼香の匂いが漂う中、魚住は機械仕掛けのように、参列者たちに何度も頭を下げ続けた。

出棺が近くなり、棺《ひつぎ》に花を納める。

祖父は穏やかな顔をしていたが、ずいぶん痩《や》せてしまっていた。眠るような最期だったと祖母から聞いていたが、やはり胸が詰まる。

——間に合わなくてごめんなさい。

魚住は心の中で祖父に詫《わ》びた。

祖父は魚住が博士号を取るのを、とても楽しみにしていたのだ。もっとも魚住自身にそれを言うことは決してなく、いつも祖母から「内緒よ」の前置きの後に聞いていたにすぎない。三か月前に帰国した時には、実家に『だれでもわかる免疫学』という一般向けの本があったのも見つけた。真面目な祖父らしく、中を開くと赤線の引いてある部分がある。魚住はしみじみとその本を眺め、見つけたことがばれないようにそっと本棚に戻しておいた。

「ああ、そうかい……あんたが学者のお孫さんかい。いつも自慢していたよ、儂《わし》の孫はもうすぐ博士になるんだぞってなあ……」

祖父の旧友だという老人が、目を真っ赤にして魚住の手を強く握った。祖父と同じ、皺《しわ》だらけの骨張った手だった。同じような話を何度も聞いたので、祖父は本当にあちこちに言いふらしていたらしい。

——頑張らなくていい。

それが祖父の口癖だった。

留学してからこっち、手紙でも電話でもいつも「頑張らなくていい」だった。

——おまえさんは頑張り過ぎるところがあるから、無理をして身体を壊すな。だめだと思ったらいつでも帰ってきていい。博士号なんかなくたって、生きていくのに不便はないぞ。

そんなふうにも言っていたのに、周囲に対しては違っていたようだ。

気難しいところのある人で、自慢話などするタイプではなかったのに……魚住は小さく微笑んで、胸の痛みに耐えた。

不思議と涙は出ない。

これはいつものことだ。身近な人が亡くなっても、泣けるようになるまで時間がかかる。なぜなのかはわからないが、魚住の場合はそうなのだ。

葬儀には濱田のほかに、伊東と響子も来てくれた。暑い中すみません、と魚住が頭を下げる。響子が「このたびは……」と決まり文句を言おうとし、声を詰まらせた。横にいる伊東はすでにぼろぼろと涙を零《こぼ》している。魚住は渡米直前に実家に友人たちを招いたので、ふたりとも祖父と会っているのだ。濱田もまた、目を赤くしていた。濱田の母がこの世を去ったのもまた、こんなふうに暑い夏だったと聞いている。

イギリスに戻ったサリームからは丁寧なメールが届いた。久留米も遅れて来ると聞いていたのだが、間に合わなかったようだ。平日なのだから無理もない。マリはこの半年ばかり行方知れずだ。こんなことは前にもあったので、いつかふらりと帰ってくるだろうと魚住は思っている。

式典はつつがなく終わり、親族は葬儀会社の用意した車で火葬場へと向かった。

最後のお別れの時、祖母がとうとう泣き崩れた。しっかり者で明るい祖母が、棺に縋《すが》り「あなた、待っててね」と嗚咽《おえつ》する。魚住は祖母の小さな身体を支え、焼却炉へと消えていく棺を見送った。

二時間ほど、控え室で過ごすことになる。

いま、お祖父《じい》さんが焼かれているのかと思うと奇妙な気分だった。自分もいつかは死んで、こんなふうに焼かれるわけだ。あとで骨を拾うのだから、あまり焼き過ぎてもいけないのだろう。今時は火加減もコンピュータ制御だろうかなどと、つらつら考える。

しばらくすると祖母も落ち着きを取り戻した。

「ごめんなさいね、真澄さん」

ハンカチで目元を押さえながらも、苦笑いを見せる。

やがて祖母は親戚《しんせき》たちに囲まれ、思い出話に花が咲き始めた。誰かが「あの頑固ジジイとはさんざんケンカしたさ」と懐かしそうに言い、みんなが声を立てて笑った。

もう大丈夫だろう。魚住はひとり控え室を出る。

冷房の効いた建物から一歩出ると、ぶわりと夏の重たい空気に包まれる。空の端が赤く染まりだしているのに、まだ気温は高い。さらにはこの湿気だ。アメリカから日本に帰るたび、本当に湿気《しけ》った国だなあと思う。

建物の正面にちょっとした庭園風のスペースがあり、魚住は木陰のベンチに腰掛けた。頭の上で蟬が大合唱をしている。こんなに喧《やかま》しいんじゃ、お祖父さんもおちおち眠っていられないだろうと思うほどだ。

火葬場というと大きな煙突を思い浮かべるが、見あたらない。近隣の住人に配慮し、見えないように設置してあるのかもしれない。

人はどうしても、死を厭《いと》う気持ちがある。

それは当然のようでもあり、不思議でもあった。生と死は必ずワンセットであり、片方だけでは存在し得ないのに。

人は生まれて、生きて、死んで、焼かれる。

国や宗教によっては焼かれない場合もある。土葬、風葬、鳥葬。鳥葬はチベット仏教かなにかの本で読んだ。遺体は鳥に啄《ついば》まれ、その鳥と共に魂は空へ昇るのだという。ロマンチックなようでもあるが、現場は凄惨《せいさん》な眺めなんだろうなあと想像する。

魚住は免疫学の前、細菌学を専攻していた。だからバクテリアがいかに有機物を分解するかよくわかっている。土葬の場合、遺体は地中で腐敗し分解され、文字通り土に還るわけだ。

選べるとしたらどれがいいだろう。

自分が死んだ時、どう葬ってもらいたいか……もっとも日本の場合、多くの地域で自動的に火葬になるようだ。衛生面の問題と、土地面積も関係しているだろう。うっかり掘って、先に入っている人がいたら大変だ。

魚住は額の汗を真っ白なハンカチで拭《ふ》いた。

喪服の上着は脱いでいるが、それでも暑い。長袖《ながそで》のワイシャツが肌に張りつく。

なんでもいいや。

そういう結論に辿《たど》り着く。

火葬でも、土葬でも、なんなら鳥につんつくされてもいい。そのへんはこだわらない。ただ、自分が死んだ時に誰かひとりでもいいから、悲しんでくれる人がいるといいなと思う。悲しんでほしいけど、それが長く続くのはいけない。ちょっとくらいは泣いて、一日くらいは落ち込んで、でも次の日から普通に過ごしてくれていい。ごくごくたまに、思い出してくれたりするともっといい。

魚住真澄という人間が生きていたことを。

この世に存在して、飲んだり食べたり喋《しゃべ》ったり、研究室に籠《こ》もったり……恋なんかもしていたことを。

「あち」

首を流れる汗を拭こうと、顔を上向ける。

ふと、こちらに向かって歩いてくる男が見えた。スーツの上着を脱いだ姿で、歩きながらネクタイを取り替えるという器用なことをしている。それが誰なのかわかって、魚住は反射的に立ち上がった。相手も魚住に気がついたようだ。大股《おおまた》でこっちに近づいてくる。

「悪い」

ごく短く詫びる声が聞こえる。

魚住は突っ立ったまま、相手の顔をじっと見つめる。汗で眼鏡が少しずり落ちた。

「どうしても抜けられない会議があった」

「……うん」

「葬儀場行ったら、もうこっちだって聞いて」

「うん」

「おまえはじいさんの顔、見れたんだろ？」

「うん。いま、焼いてる」

そう答えると「わかってるよ、バカ」と例の調子で言われる。久留米は変わっていない。この二年ほど会っていなかったが、ほとんど変わっていなかった。魚住同様三十一になっているはずなのだが、老けた感じもしない。髪型も以前と同じままだ。魚住のよく知っている、久留米だ。

「魚住」

名前を呼ばれた。懐かしい声で。

途端に涙がぶわりと溢《あふ》れた。

堪《こら》える暇もなく、ぽろぽろと頰を滑り落ちる。久留米が目を見開いて驚く。急に泣きだされるとは思っていなかったようだ。魚住だってびっくりしていた。なんだろう、この現象は。さっきまで、なかなか泣けないと思っていたところなのに。

「お祖父さんが」

言葉まで、勝手に飛び出す。

「お祖父さんが、死んだ」

久留米はやや戸惑い、頷《うなず》く。あたりまえのことを言っていると、自分でも思った。祖父が死んだからアメリカから急遽《きゅうきょ》帰国し、久留米だってこうして駆けつけてくれているのだ。

「――ああ」

「お祖父さん、死んじゃったんだ」

なのに魚住の舌は、同じ言葉を繰り返す。

涙は顎《あご》まで伝い、木陰の揺れる地に落ちる。

頭の中は真っ白だった。さっきまで頭に浮かんでいた、人の生き死にについての考察など、微塵《みじん》になって消し飛んでいた。圧倒的な喪失感が胸に杭《くい》を打ち込み、息をするのも苦しい。

理屈じゃない。

悲しみは理屈じゃない。

叩《たた》きつける雨のように、理由などなく降りしきり、人の心をずぶ濡《ぬ》れにする。涙は止まらない。魚住の嗚咽は激しくなり、顔を上げていることすらできない。鼻水まで垂れていたが、それを厭う余裕すらなかった。外にいてよかったとつくづく思う。こんな顔をお祖母《ばあ》さんに見せたら、きっと心配させてしまう。

肩に久留米が触れるのがわかった。

大きな手が、ぽんぽんと肩胛骨《けんこうこつ》のあたりを叩く。

かつて、やはりこんなことがあったのを記憶している。あの時も久留米がいてくれた。魚住に触れてくれた。

泣いていいのだと、思った。

葬儀から三日が経った週末、近くアメリカに戻る魚住を囲もうと、懐かしい面々が集まることになった。

会場は濱田のマンションである。各自、酒なりつまみなりを適当に持ってくること……そんなメールをもらった時、久留米はいささかの不安を覚えた。

サリームがいないいま、気の利いた食べ物を持ってくる奴がいるだろうか？　なんだかみんな酒を持ってくる予感がする。そういう自分も、やっぱり酒と乾き物くらいしか思いつかない。せめてデザートでもと、アイスクリームを一緒に買っていったら、同じことを考えている者がほかにふたりいた。

「あ。かぶっちゃった……」

「うわあ。久留米さんもですか」

響子と伊東である。よりによってメーカーまで同じなのだ。伊東は「気が合いますねえ」などとお気楽に笑っていたが、濱田は悩ましい顔で冷凍庫を開ける。

「入りきるかな……うーん、ちょっと厳しい」

パイントの容器がひとつ、どうしても入らない。

結局そのひとつは、乾杯より早く全員で回し食べることになった。久留米としては渇いた喉《のど》にはまずビールといきたいのだが、抜けがけが許される雰囲気ではない。

「主役が遅いわねえ。せっかく魚住くんの好きなストロベリーなのに」

スプーンを配りながら響子が言う。スプーンの数は五本。濱田、響子、伊東、久留米、そして魚住のぶんだ。余った一本がテーブルに置かれる。ダイニングテーブルは四人掛けなので、ひとつだけ背もたれのないスツールが用意されていた。この中では一番年若い伊東がスツールに腰掛け、空席は久留米の隣である。

「マリさんとサリームくんがいないと、なんだかさみしいな。久留米くん、ふたりと連絡取ってる?」

濱田が問い、久留米はやたらと固いアイスをほじりながら「サリームはまめにメールくれます」と答える。少しだけ食べて、すぐ伊東に回す。

「でもマリはだめ。あいつは昔から突然いなくなる女なんですよ」

「そうなんだ」

「元気なのかしら、マリさん。話したいことといっぱいあるのに……」

なかなかアイスを離さない伊東からパイントを奪って、響子が呟《つぶや》く。伊東は「あぁ」と悲しそうな顔をしてスプーンを舐《な》めた。

「そういや久留米くんは、まめにメールしてるの？」

濱田に聞かれ、久留米は「は？」と返す。

「だから。魚住くんに」

いいえ、と答えて席を立った。煙草を吸いたいのだが、確か響子は嫌煙家だ。換気扇の下に移動してスイッチを探すと、濱田が「右上」と教えてくれる。

「仕事ならともかく、長文打つの、かったるくて」

スイッチを押しながら言い訳すると、えー、と響子が不服声を上げる。

「魚住くん、かわいそう……」

「なにが。あいつだって、おれにメールなんかよこしゃしねえのに」

煙草を銜《くわ》えて反論すると、みんなが同時に「そうなの？」と聞く。

「そうですよ。まあ、月に一度あるくらいかな」

「最初から？」

「いや……そりゃ、最初はもう少しあったけど」

低く唸《うな》る換気扇に煙を吐きかけて、久留米は回顧する。

魚住が日本を離れた当初は、週に何度かメールが届いていた。マリやサリームへも同送している場合もあったし、久留米にだけ送ってきたものもあった。

久留米も可能な範囲で返事を書いていた。魚住よりずっと短い文章だったが、なんとか頑張っていた。電話はしなかった。久留米は喋るのがあまり得意ではないし、魚住も同じようなものだ。

「うーん。まあ、魚住くんも忙しいんだろうから」

「おれもです」

濱田を軽く睨《にら》んで久留米は言う。

「サラリーマンだって、それなりに激務なんですから」

「ごめんごめん。わかってるって」

濱田が笑いながら詫《わ》びたところで、呼び鈴が鳴る。

「あっ、来た来た！」

響子が軽やかに立ち上がり、玄関まで迎えに出る。ほどなく、魚住が例によってぼんやりした顔で現れた。淡いイエローのシャツを着て、紙袋を提げている。

「やあ、来たね。今日は眼鏡じゃないんだ」

濱田に言われ、魚住はハァと気の抜けた声を出す。

「コンタクトも使ってるんです。……あ、アイス」

挨拶《あいさつ》もろくにせず、すとん、と久留米の隣に座った。ちょうど久留米の前に置いてあった容器を取ると、蓋《ふた》の上に置いてあった使いかけのスプーンを手にする。

「これ、久留米のスプーン？」

「あ？　そうだけど、新しいのがここに……」

あるぞ、と渡す前に、魚住はアイスクリームを掬《すく》い、口に入れてしまう。むぐむぐと無心に口を動かし、続けて三口食べた後、やっと顔を上げ、

「ん。イチゴ」

と言った。

唇の端に、アイスに混ざった苺《いちご》の果肉がついている。

濱田がプッと噴き出し、伊東と響子も笑いだす。久留米も一緒に笑うところなのかもしれないが、どちらかというと呆《あき》れてしまっていた。博士号取得も近い三十男にはとても見えない。

魚住は笑われようと気にせず、ひとりで容器を抱えてほじほじとアイスを食べ続けた。半分ほどがなくなると、やっと飽きたのか「久留米も食べていいよ」と容器を渡してよこす。すでにビールを飲み始めていた久留米は「いらねえよ」と顔をしかめた。

「さて……ビールとワインは充実しているけど、つまみはチーズと乾き物くらいしかないなあ。サリームくんの偉大さが身に沁《し》みるね。ピザでも取る？」

濱田が言うと、魚住は「あ」と目を見開き、足下に置いてあった紙袋を持ち上げる。

「これ。お祖母さんが」

紙袋の中に風呂敷《ふろしき》に包まれたお重が入っていた。風呂敷を解き、蓋を開けた響子が
「きゃあ」と目を輝かせる。

「すっごい美味《おい》しそう！　お煮染《にし》めと、蓮《はす》のきんぴらと、……これは肉団子かしら」

「うん。下の段はおいなりさんだって。お祖母《ばあ》さんのは、美味しいんだ」

魚住が誇らしげに言う。濱田は「お忙しいだろうに、申し訳ないなあ」と言いつつ、さっそくきんぴらをつまみ食いする。久留米も肉団子をひとつ食べてみたが、揚げた団子に甘酢あんがかかっていて大変美味だ。

「やることがあるほうが、気が紛れていいって。お祖父《じい》さん、生きてるうちにかなり整理整頓《せいとん》進めてて、遺品もあんまり残ってないし」

「そう。……魚住くんが向こうに戻ったら、お祖母様はさみしいでしょうね……」

響子が取り皿を配りながら呟く。

「でも、アメリカに遊びに来るって。秋から英会話教室に通うみたい」

「それはいいね。前向きな人なんだな。……久留米くんも、遊びに行けばいいのに」

濱田に話をふられた久留米は、いなり寿司にかぶりつきながら「休みが取れませんから」と返す。魚住の耳が色づいたが、気がついた者はいないだろう。

実を言えば、すでにアメリカには行っている。

魚住が渡米した翌年の秋、久留米は一週間の休暇をもぎ取り、格安チケットでヒューストンまで飛んだのだ。

初めてのアメリカだというのに、ほとんど観光もせずに魚住のアパートに籠城《ろうじょう》していた。その身体を片時だって放していたくなかった。

魚住が唯一、連絡もなしに研究室に遅刻したのはこの時である。普段が真面目なので咎《とが》められることはなかったようだが、首筋の赤い痕《あと》を見つけられてさんざんからかわれ、見える場所はだめだと赤い顔で文句を言われた。

確かに、あの時は相当がっついていた。

なにしろ、アパートに着いて一番最初に言ったのが「広いじゃないか」や「結構いい部屋だな」ではなく「寝室はどこだ」だったのだ。廊下の奥にあるドアを示した魚住を、問答無用で引きずり込んだ。魚住は久留米のスーツケースに躓《つまず》いて、危うく転びそうになっていた。

……まずい。いろいろと思い出してしまった。

久留米は空咳《からせき》をしてビールを呷《あお》る。

お重がからになり、空き缶が増え、ワインも二本目になった頃、濱田が「空気を入れ換えよう」とベランダに続く掃き出し窓を開けた。

ついでに煙草を吸おうと久留米はベランダに出る。

呼んでもいないのに、よたよたと魚住がついてきた。裸足《はだし》のまま、久留米の横に立ち夜空を見上げる。反らされた喉が、いまはほの赤い。

「お月さん」

魚住が呟き、久留米も顔を上げる。

クリアとは言い難い夏の夜空にぼんやりとした半月が浮かんでいた。

月を眺めながら、銜えた煙草に火をつける。生ぬるい風が吹いてきて、白い煙が魚住の顔にぶつかった。

「おい」

「え」

久留米は魚住の肩を摑《つか》んで移動させ、立ち位置を逆にする。

こうすれば魚住のほうが風上だ。部屋の中では、小難しい科学論議が盛り上がっていて、久留米は仲間に入れそうにない。魚住はベランダの柵《さく》に寄りかかり、口を薄く開けて月を眺めていた。

「久留米。ありがとう」

魚住が唐突に言った。

「なにが」

「お葬式……っていうか、焼き場に来てくれて、ありがとう。骨まで拾ってくれて」

「ああ。それか」

「一緒にやったんだよな。共同作業ってやつ？　ケーキ入刀みたいな？」

「全然違う」

罰当たりも甚だしい発言だが、言ってる本人に悪気はない。天国で魚住の祖父も苦笑いしているだろう。

「……おれの骨は誰が拾ってくれるのかな」

そんなに先の心配をするな、と言いたいところだが、魚住にとって死は決して遠い存在ではない。いや、久留米にしても本当は同じなのだ。

年齢に関係なく、突然訪れる死というのはある。

「誰だっていいだろ。死んでんだから、わからない」

「まあ、そうか」

「おれが生きてたら拾ってやる」

「うん。火傷《やけど》に気をつけてな」

冗談なのか真剣なのかよくわからない顔で魚住が言う。確かに、炉から出たばかりの遺骨と、それを載せている台はとても熱かった。白い骨と灰になった魚住の祖父は、なんだかとても小さく思えた。

久留米は手を伸ばし、魚住の頭に触れる。

魚住はびくりと身を竦《すく》ませたが、逃げはしない。柔らかい髪の感触がある。そのまま手を下にすべらせ、首に指を這《は》わせる。骨の話ばかりしていたので、この男にちゃんと肉も皮膚もついていることを確かめたくなった。薄手のカーテン越しに室内を伺うと、難しい話はまだ続いていて、ベランダを気にする者はいない。

それをいいことに、魚住を引き寄せる。

「あ」

一瞬だけくちびるを合わせ、すぐに離した。

魚住は固まったままだ。指に挟んでいた煙草をくちびるに戻し、久留米は何食わぬ顔を装う。本当はどきどきしていた。いい歳してなにしてんだよと自分に呆れる。

「お、おまえって、時々……」

魚住が掠《かす》れた声を出す。言葉の続きはだいたいわかるので、久留米はそっぽを向いて鼻の下を掻《か》いた。照れくささがピークに達し、もう中に戻ろうかと思った時、ポケットの中で携帯電話が振動する。

メールの着信だ。

フリップを開くと、思いがけない発信者だった。いや、ある意味抜群のタイミングになるのだろうか。

「マリだぞ」

なのに、件名は『はじめまして』である。

魚住が見せて見せてと顔をくっつけてきた。メールには画像が添付してあった。開いてみると、生まれたてと思《おぼ》しき赤ん坊が写っている。本文はない。

久留米も魚住も、しばし無言になった。

まさか……いや、あり得る。

あの女ならあり得る。半年ほど姿が見えなくなったかと思うと、子供産んでました、くらいはやってのける。

「で、電話。久留米、電話してマリちゃんに」

魚住に急《せ》かされ、久留米が慌てて番号を探していると、今度は室内から「うそ！」と叫ぶ声が聞こえてきた。響子と濱田の携帯に同じ画像が届いたのだろう。魚住と久留米も部屋に戻り、場はにわかに騒然とした。

「ちょ、魚住くん、マリさんのこれって！」

「うん。見た。びっくりした。久留米が電話を」

濱田が固定電話の子機を持ってきて「久留米くん、こっちでかけてくれ」と言った。スピーカー機能があるので、全員がマリの声を聞ける。

電話はすぐに繋《つな》がった。

久しぶりに聞くマリの声は明るく、久留米が「もしもし」と言うや否や『いひひ。びっくりした？』などと笑っている。

「おまえな。びっくりしたに決まってんだろ。みんな呆然《ぼうぜん》としてるぞ」

『みんな？』

「濱田さんちに集まってる」

『あ、これ濱田さんちの番号かぁ。なに、飲み会？』

「そうだ。魚住が帰ってきてるから……あのな、岸田のじいさんが亡くなったんだ」

マリは『そうだったんだ』と呟《つぶや》き、魚住に替わってくれと言った。久留米は魚住に子機を差し出す。

「もしもし。マリちゃん？」

『久しぶりね。ちゃんとごはん食べてる？』

「た、食べてる。それより」

『お祖父《じい》さん、残念だったね。あんたのことすごく可愛がってくれたのに……』

「う、うん。そうなんだ。でも、お葬式も無事に終わって……マリちゃん、あの、この子、誰？」

　魚住がここまで焦るのも珍しい。それくらい、赤ん坊の写真に驚いたのだろう。もちろん久留米だって驚いたし、ほかの三人も、詳しい事情が聞きたくてうずうずしている様子である。

『まだ誰でもない。名前ついてないもん。今日生まれたんだよ』

「マリちゃんの子だよね？」

『そう。女の子。可愛いでしょう？』

　うん、と魚住は深く頷《うなず》き「サルみたいで可愛い」と正直過ぎる感想を述べた。響子がぱちぱちと手を叩《たた》き「マリさんおめでとう〜」と明るい声を出す。濱田と伊東もそれに倣ったが、久留米は拍手より先に聞きたいことがあった。

　魚住の手から子機を奪い「おい、父親は誰なんだ」と問い詰める。マリは『あんたがなる？』と茶化す。

「なるかよ」

『あんたたちの知らない人。なかなかいい男よ』

「結婚するのか」

『しない。もうここにはいないし』

「おまえなあ」

この先どうするんだ。ひとりで育てるのか。父親がいないと大変だろう。考えてみれば、

――などというセリフが頭の中に浮かんだが、結局口にしなかった。どれも意味のない問いかけだ。マリに笑い飛ばされるのがオチだろう。

「まあ……あれだ。頑張れ」

それだけ言ってまた子機を魚住に戻す。

「もしもし、マリちゃん」

『魚住、いまの聞いた？　頑張れだって。ふふ、いろいろ文句言いたいくせに』

マリの笑い声はとても嬉《うれ》しそうだった。

「おめでとう。すごい。すごいね……濱田さんや響子ちゃんも喜んでる」

おれもいますっ、と伊東が存在を主張する。

『みんな、ありがとう。じゃ、タイミングはバッチリだったのね』

「うん。……わあ、どうしよう。なんかおれ、どきどきしてきた。そうだよね、人は生まれるんだよね。死ぬ人もいるけど、生まれる人もいるんだ」

そうよ、とマリが答える。同時にふえふえと、むずかる赤ん坊の声が聞こえた。

「今、そこにいるの？」

『うん。抱っこ中。ねぇ魚住、お願いがあるんだけど』

「お祝いならなんでも言って。そうだ、アメリカはベビーグッズがすごい充実してるって、もう子供のいる同僚から聞いたことあるんだ。でっかい玩具屋《おもちゃや》さんもあって……」

『違うの。ものはいらないの。その代わり、この子の名前をつけて』

魚住が瞠目《どうもく》する。

まさか自分が名づけ親に指名されるとは思っていなかった様子だ。

「でも……名前ってすごい大切だし」

『だから頼んでるんじゃない。この子には、あんたみたいな子になってほしいんだ』

「科学者？」

『バカね。優しい子って意味よ』

マリが笑い、魚住は「でも」と繰り返して戸惑った。助けを求めるように、濱田や響子、そして伊東の顔を見る。三人ともが、ぜひマリの希望を叶《かな》えてやるべきだと同調した。それでも魚住は決めかね、最後に久留米へと視線を向ける。

「つけてやれよ。マリがいいって言ってんだから」

決心させるため、ややきついくらいの調子で言い放った。魚住はぱちぱちと瞬きをし、目を泳がせて考え、さらに大きくひとつ深呼吸してから、ようやく頷く。

「えっと……。マリちゃん、少し時間くれる？」

『もちろん。すてきな名前考えてね』

「うん」

子機をしっかりと握り直し、魚住は答えた。伊東が「真澄なら、女の子でもいけますよ」などと言いだし、「それはちょっと」と眉《まゆ》を寄せる。

電話の向こうで、赤ん坊が泣きだした。

ふんぎゃあふんぎゃあと力強く泣くのを聞き、誰もが自然と顔を綻《ほころ》ばせる。久留米はとりたてて子供好きではないし、正直赤ん坊の泣き声をうるさいと思ったこともある。けれど現金なもので、マリの子だと思うと可愛らしく、かつ頼もしく聞こえた。

「おめでとう」

もう一度魚住が言った。

「今日が、その子の誕生日になるんだね。おめでとう。……そうか、きみは生まれてきたんだね。おれはきみに会えるんだね。すごいね」

頰を紅潮させ、飽きずにすごいと繰り返す。

いつか、マリの子供は聞くのだろう。

自分が生まれた時、父親でもないのにやたらと喜んだ男がいたことを。

そして彼がどんなふうに生き、どんなふうに人を愛し、愛されたのかを。

赤ん坊の名前が決まったのは、魚住がアメリカに発《た》つ直前だった。

どうやら、かなり悩んだらしい。報告メールには、マリがとても喜んでくれたとあった。魚住にしては珍しく、ちょっとばかり自慢げなメールだった。

昼休みの終わりも近い会社のデスクで、久留米はその名を小さく発音してみる。

いい名前だった。

静かな幸福が滲《にじ》み出てくるような名前だった。

あとがき

二〇一五年現在、職業作家として十六年めを迎えております。まずはこの間、私を支えてくださった読者様に心より御礼を申し上げます。いろいろな場で繰り返していますが、私は読み手なしに書き続けることのできない作家です。自分のためだけの物語に興味が薄く、内を向いた創作は不得手です。いつも誰かに読んでもらいたい、そうやって世の中と繫《つな》がっていたいと強く思っています。そんな私がこうして小説家であり続けられるのは、読んでくださる皆様がいらっしゃるからです。私の投げるボールはとても遠くに飛んでいき、どなたが受け止めてくださるのかは見えません。それでも、それがきっと誰かの手の中に届くと信じることが、書き続ける力になっています。

本作、「魚住くんシリーズ」は、私のデビュー作です。

今まで、何度か形を変えて刊行されています。最初は二〇〇〇年に光風社出版クリスタル文庫から『夏の塩』が発売され、順次、全五巻まで刊行されました。やがてこの文庫の入手が難しくなり、二〇〇九年、大洋図書より新装版が発売になりました。『夏の塩』『夏の子供』の上下二巻、とても美しいハードカバーの本を創っていただきました。

そして二〇一四年、ふたたび文庫の形に戻り、角川文庫より『夏の塩』が刊行され、このたび最終巻『夏の子供』の発売をもちまして、全五巻が揃《そろ》いました。

つまり、三回も出ているのです。

多くの書籍が、在庫切れのまま市場から姿を消していくことを考えれば、これがどれほど幸福なことか、作家になる以前も出版に関わる仕事に就いていた私にはよくわかります。作家がどれほど再版を望んでも、読みたいという読者様の声が一定以上の数にならない限り、本のほとんどは消えていくのです。近年電子書籍という形態が一般化しているので、コンテンツそのものがなくなることは減るでしょうが、その影響を受け、紙の本の未来はより厳しくなるかもしれません。そんな時代の中で、三回も形を変え、皆様にこの作品を提供できたことを本当に嬉《うれ》しく思っています。

魚住《うおずみ》真澄《ますみ》。

このキャラクター、そして彼の現れた時代について少しお話ししてみようと思います。最初に『夏の塩』が発売になったのは二〇〇〇年ですが、この作品はそれ以前に小説JUNEという雑誌に掲載されていました。この雑誌の中で故・中島梓《なかじまあずさ》先生（栗本薫《くりもとかおる》先生）が小説道場というコーナーを主催していらして、「夏の塩」はそこへの投稿作品だったのです。作品評が掲載されたのは、一九九五年の十月号でした。遡《さかのぼ》って考えますと、私はおそらく九五年の夏頃に、この短編を書いたのではないかと思います。当時はまだ二十代の半ばでした。

一九九五年は、どんな年だったのでしょう。

阪神《はんしん》・淡路《あわじ》大震災。オウム真理教地下鉄サリン事件。太平洋戦争終結から五十年。

野茂《のも》選手がドジャースに入団し、貴乃花関《たかのはな》がめちゃくちゃ強く、エヴァンゲリオンが放送され、Windows95日本語版が発売されました。シャ乱Q「ズルい女」がヒットし、スピッツの「ロビンソン」もこの年です。ドラマだと「愛していると言ってくれ」が印象的でした。

大きな悲劇的事件が続いたと同時に、華やかな面もあった年だと思います。ところが私自身は、この年に自分がなにをしていたか、どんなことを感じていたか、ほとんど思い出すことができません。まだ会社員でしたから、規則正しい日々を送っていたのでしょうが、それにしてもこれだけいろいろあった年だというのに、なぜか記憶は曖昧《あいまい》で覚束《おぼつか》ないのです。

ただ、なにかこう、不安を抱えていたような気がします。

それは正体不明の不安であり、言葉で説明するのは難しいものです。強引に分析するのならば、震災やオウム真理教関連の事件で、人間の力の限界と人間の心の限界を垣間《かいま》見て、同時に進んでいくコンピュータ技術や華々しい消費社会を目の当たりにし、その両極端さに馴染《なじ》めなかったのかもしれません。そんな中でなにもできない自分、なにもしない自分の無力さに気がつき、不安を感じるようになった……という解釈も可能でしょう。しかしあくまで後づけの理由です。本当のことは、当時の私に会わなければわからず、それは無理なのです。

人は未来を知り得ず、過去に戻れません。

しかし作品は残ります。一九九五年に書いた私の作品は残っています。その年に、ふわりと私の脳内に現れたのが魚住真澄という青年でした。「夏の塩」は「こんな小説を書きたいから、こんなキャラクターにしよう」と思って書いた作品でありません。最初から魚住は私の中にいて、彼のことを書くために、私はキーボードを……たぶん、当時はまだワープロのキーボードを打ち始めたのです。

魚住は負の感情を、無意識に封印しているキャラクターです。

そしてその封印が解かれていく過程が、つまるところこのシリーズの主軸です。隠されたネガティブを、ひとつずつあぶり出してそれと対峙《たいじ》する。そういう話なのだろうと思っています。ただその作業は決して楽しいものではなく、だからこそ周囲のサポートが必要となり、そこに久留米《くるめ》やマリちゃんやサリームたちが現れます。

二十年経った今ではこうしてなんとなく分析できますが、当時の私はなにもわからないまま、ただ魚住真澄という架空の人物を書かずにはいられませんでした。あるいは、自分の中にあった正体不明の不安、ネガティブなものを、作品を通して可視化したいと思っていたのでしょうか。自分のことなのに、いいえ、自分のことだからこそ、実にまったくわからないまま現在に至ります。

ただ、シリーズを続けていくうち、いただく感想、お手紙などから察するに、読者さんの中にも魚住がいるのだなと感じられるようになりました。私の創ったキャラが、他者の中で機能しているようなのです。

「魚住ほど不運ではないけれど、彼の気持ちがわかるような気がする」「読んでいると、魚住とシンクロしてしまって苦しい」そんなお手紙をよくいただきました。そして「魚住が次第に人間らしい感情を取り戻していくのが、とても嬉しい」とも書いてくださいました。

一九九五年という、あの時代に、私の中にあった正体不明の不安。もしかしたら、ほかにも多くの方が抱えていたかもしれない漠然とした不安。それを担ってくれたのが、魚住真澄なのかもしれません。同時に彼は、私に職業作家として生きていく道を与えてくれました。作品を描くことで、私の心はだいぶ安定したように思います。

最後になりましたが、本書の刊行にご尽力くださったすべての皆様に感謝を申し上げます。繊細かつ、温かみ溢《あふ》れるカバーイラストを描いてくださった岩本ナオ先生、担当編集者として支えてくれたKさん、ほかにも大勢の方のお力添えがあり、私は今日も小説を書き続けることができます。本当にありがとうございます。

そして親愛なる読者の皆様。

あなたの中に、もし魚住真澄が住んでいるのならばどうか伝えてください。私はきみが書けて、とても幸福でした、と。

榎《え》田《だ》ユウリ　拝

〈参考文献〉
『実験医学　２０００年２月号 Vol.18 No.3』（羊土社）

本書は二〇〇二年五月に光風社出版より刊行された文庫『リムレスの空　魚住くんシリーズ5』、二〇〇九年八月に大洋図書より刊行された単行本『夏の子供』収録分のうちの一部を改題し、加筆修正の上、文庫化したものです。

この作品はフィクションです。実在の人物、団体等とは一切関係ありません。

夏《なつ》の子《こ》供《ども》

魚住《うおずみ》くんシリーズ V

榎《え》田《だ》ユウリ

平成27年 6月25日　初版発行
平成27年 8月10日　再版発行

発行者●郡司 聡

発行●株式会社KADOKAWA
〒102-8177　東京都千代田区富士見2-13-3
電話 03-3238-8521（カスタマーサポート）
http://www.kadokawa.co.jp/

角川文庫 19217

印刷所●株式会社暁印刷　製本所●株式会社ビルディング・ブックセンター

表紙画●和田三造

ISBN978-4-04-101769-2　C0193

角川文庫発刊に際して

角　川　源　義

第二次世界大戦の敗北は、軍事力の敗北であった以上に、私たちの若い文化力の敗退であった。私たちの文化が戦争に対して如何に無力であり、単なるあだ花に過ぎなかったかを、私たちは身を以て体験し痛感した。西洋近代文化の摂取にとって、明治以後八十年の歳月は決して短かすぎたとは言えない。にもかかわらず、近代文化の伝統を確立し、自由な批判と柔軟な良識に富む文化層として自らを形成することに私たちは失敗して来た。そしてこれは、各層への文化の普及滲透を任務とする出版人の責任でもあった。

一九四五年以来、私たちは再び振出しに戻り、第一歩から踏み出すことを余儀なくされた。これは大きな不幸ではあるが、反面、これまでの混沌・未熟・歪曲の中にあった我が国の文化に秩序と確たる基礎を齎らすためには絶好の機会でもある。角川書店は、このような祖国の文化的危機にあたり、微力をも顧みず再建の礎石たるべき抱負と決意とをもって出発したが、ここに創立以来の念願を果すべく角川文庫を発刊する。これまで刊行されたあらゆる全集叢書文庫類の長所と短所とを検討し、古今東西の不朽の典籍を、良心的編集のもとに、廉価に、そして書架にふさわしい美本として、多くのひとびとに提供しようとする。しかし私たちは徒らに百科全書的な知識のジレッタントを作ることを目的とせず、あくまで祖国の文化に秩序と再建への道を示し、この文庫を角川書店の栄ある事業として、今後永久に継続発展せしめ、学芸と教養との殿堂として大成せんことを期したい。多くの読書子の愛情ある忠言と支持とによって、この希望と抱負とを完遂せしめられんことを願う。

一九四九年五月三日

魚住くんシリーズI

夏の塩

榎《え》田《だ》ユウリ

イラスト／岩本ナオ

——あの夏、恋を知った。
彼の時間が動き出す。
魚住くんシリーズ、はじまりの物語。

一般的サラリーマン、久留米の頭痛の種は、現在なぜか同居中の同級生・魚住。その美貌と不思議な魅力で、男女問わず虜にしてしまうのに、本人は無自覚。久留米にはその魅力は通じない。だから一緒にいるのだが……。

ISBN 978-4-04-101771-5

カブキブ！1

榎《え》田《だ》ユウリ

イラスト／イシノアヤ

こんな青春、してみたい！
ポップで斬新な
青春歌舞伎物語!!

歌舞伎大好きな高校生、来栖黒悟の夢は、部活で歌舞伎をすること。けれどそんな部はない。だったら創ろう！と、入学早々「カブキブ」設立を担任に訴える。まずはメンバー集めに奔走するが……。

ISBN 978-4-04-100956-7

角川文庫　榎田ユウリの本

目白台サイドキック

女神の手は白い

太田忠司

イラスト／平沢下戸

伝説の探偵刑事と
名家の若当主、
最強の相棒ミステリ！

お屋敷街の雰囲気を色濃く残す、文京区目白台。新人刑事の無藤は、伝説の男・南塚の助けを借りるため、あるお屋敷を訪れる。南塚が解決した難事件の「蘇り」を阻止するために。警察探偵小説、書き下ろし！

ISBN 978-4-04-100840-9

ナモナキラクエン

小《しょう》路《じ》幸《ゆき》也《や》

イラスト／くろのくろ

鮮烈な結末が胸を打つ
ビタースイート家族小説

「楽園の話を、聞いてくれないか」そう言って、父さんは死んでしまった。残された僕たち、山（サン）、紫（ユカリ）、水（スイ）、明（メイ）は、それぞれ母親が違う兄妹弟。父さんの言う「楽園」の謎とは……。

ISBN 978-4-04-101623-7

角川文庫　小路幸也の本